U0475743

# 中国90后诗选

赵卫峰　赵学成　主编

德宏民族出版社

图书在版编目（CIP）数据

中国90后诗选 / 赵卫峰, 赵学成主编. -- 芒市：德宏民族出版社, 2022.2
ISBN 978-7-5558-1624-9

Ⅰ.①中… Ⅱ.①赵…②赵… Ⅲ.①诗集—中国—当代 Ⅳ.①I227

中国版本图书馆CIP数据核字（2022）第021152号

## 中国90后诗选

赵卫峰　赵学成　主编

出版·发行：德宏民族出版社
社址：云南省德宏州芒市勇罕街1号（678400）
联系电话：0692-2124877（总编室）、2112886（发行部）
网址：www.dmpress.cn　　E-mail：dmpress@163.com

| | |
|---|---|
| 责任编辑：尹丽蓉 | 责任校对：赵洪亮 |
| 封面设计：圣立文化 | 印刷厂：四川立扬彩色印务有限公司 |
| 开本：170毫米 × 240毫米 1/16 | 印张：24.5 |
| 字数：188千字 | 印数：1—1000 |
| 版次：2022年2月第1版 | 印次：2022年4月第1次 |
| 书号：ISBN 978-7-5558-1624-9 | 定价：90.00元 |

**版权所有·侵权必究**

如有印装质量问题，请与承印厂联系调换。联系电话：0838--6096023

中国90后诗选

## Editorial board 编委会

| 编 委 | 李少君 | 胡 弦 | 龚学敏 | 刘 川 |
| --- | --- | --- | --- | --- |
|  | 桫 椤 | 彭惊宇 | 霍俊明 | 安海茵 |
|  | 熊 焱 | 宝 蘭 | 郑小琼 | 杨碧薇 |
|  | 陈巨飞 | 冯 雷 | 秦三澍 |  |
| 主 编 | 赵卫峰 | 赵学成 |  |  |

# 目录

## 作品

**旗帜在风中飘荡　像大海渴望久违的风暴**

| | | |
|---|---|---|
| L'Art de perdre（遗失之道） | / 秦三澍 | 002 |
| 不喜欢（外一首） | / 余幼幼 | 004 |
| 报国寺（外三首） | / 程　川 | 006 |
| 南　方（外二首） | / 王子瓜 | 009 |
| 脸（外一首） | / 潘云贵 | 012 |
| 光　阴（外三首） | / 文　西 | 014 |
| 忆登华山（外二首） | / 曹　僧 | 017 |
| 蚀（外二首） | / 砂　丁 | 020 |
| 北方夜行（外三首） | / 瑠　歌 | 023 |
| 奢　侈（外一首） | / 玉　珍 | 026 |
| 天鹅两种 | / 李海鹏 | 028 |
| 诗人酒吧（外一首） | / 马骥文 | 030 |
| 夜（第四）（外二首） | / 张晚禾 | 033 |
| 石　榴（外三首） | / 甜　河 | 035 |
| 荒地乡（外一首） | / 李　琬 | 039 |
| 午后东山岭（外二首） | / 苏笑嫣 | 042 |
| 在国家图书馆（外二首） | / 陈　翔 | 045 |
| 平　原（外二首） | / 马修诚 | 048 |
| 地铁与春天（外一首） | / 葭　苇 | 050 |
| 白　垩（外一首） | / 康苏埃拉 | 052 |

## 诗在过期的生活指南上　练习跳跃后的平衡术

| | | |
|---|---|---|
| 黄金分割（外三首） | / 宋阿曼 | 056 |
| 郊　外（外一首）——在去往波列诺夫庄园的路上 | / 苏画天 | 059 |
| 四月是悬铃木的季节（外一首） | / 午　言 | 061 |
| 秋天的太阳（外二首） | / 赵　应 | 063 |
| 新春夜（外一首） | / 陈陈相因 | 065 |
| 巨型植物 | / 海　女 | 067 |
| 蜡　梅（外二首） | / 更　杳 | 069 |
| 合　欢（外二首） | / 何　骋 | 072 |
| 金牛座（外一首） | / 王彻之 | 075 |
| 民　谣（外一首） | / 西　哑 | 077 |
| 补鞋匠（外一首） | / 袁　伟 | 080 |
| 两盏灯（外一首） | / 刘　郎 | 082 |
| 我爱你（外二首） | / 余　真 | 084 |
| 暑月听蝉（外一首） | / 张媛媛 | 086 |
| 冲　剂（外二首） | / 张雨丝 | 088 |
| 秋风辞（外一首） | / 钟　钟 | 091 |
| 爱情事件（外二首） | / 钟芝红 | 093 |
| 羊山怀古（外一首） | / 王二冬 | 096 |
| 三十岁（外二首） | / 陌　峪 | 098 |
| 火　石（节选） | / 拓　野 | 100 |

## 在犁过的地里行走着　每个人被隐藏的部分

| | | |
|---|---|---|
| 短　歌（外三首） | / 伯竑桥 | 104 |
| MIU的地颤（外六首） | / 闫　今 | 106 |
| 看云起（外二首） | / 曾子芙 | 109 |
| 河边的雪（外一首） | / 蓝格子 | 112 |
| 大雪考古（外二首） | / 沈　耳 | 114 |
| 曙光诉状（外一首） | / 蒋静米 | 116 |

| | | |
|---|---|---|
| 秋　天（外一首） | / 朱光明 | 118 |
| 他们服用一种幸福药丸（外一首） | / 颜久念 | 120 |
| 原　野（外二首） | / 王江平 | 122 |
| 解救宝拉（长诗选四） | / 杨曾宇 | 124 |
| 每个人被隐藏的部分（外二首） | / 张勇敢 | 127 |
| 爱　情（外三首） | / 李柳杨 | 129 |
| 旷　野（外一首） | / 曾入龙 | 132 |
| 白桦林（外一首） | / 苏仁聪 | 134 |
| 献　身（外一首） | / 王　冬 | 136 |
| 水边树（外二首） | / 彭　杰 | 138 |
| 在达官营（外二首） | / 李　娜 | 140 |
| 老奶奶发动机（外一首） | / 如　妍 | 143 |
| 站在星球上（外二首） | / 邱志君 | 145 |
| 镜中书（外一首） | / 陈　航 | 147 |

# B 旁观

## 七代诗人　七个角度

| | | |
|---|---|---|
| 诗始于感觉终于智慧 | / 谢克强 | 150 |
| 许多青年诗人仿佛是外星人 | / 于　坚 | 152 |
| 他们会越来越成熟，会达到他们的高度 | / 荣　荣 | 155 |
| 这一代年轻人比较安静 | / 朵　渔 | 157 |
| 年轻人都是神 | / 胡　桑 | 160 |
| 我们的写作是自发性的 | / 瑠　歌 | 163 |
| 90后诗歌有种更为突出的内倾化的特质 | / 张雪萌 | 166 |

## C 作品

**在心里藏下众多河流带来的秘密　写作与生活的敌意从不曾间断**

| | | |
|---|---|---|
| 谈　话 | / 古　轨 | 170 |
| 也　许 | / 康宇辰 | 171 |
| 对着镜子做发声练习 | / 谢健健 | 172 |
| 允　许 | / 田凌云 | 173 |
| 雪 | / 康　雪 | 174 |
| 世俗的爱情 | / 张小榛 | 175 |
| 早上的地铁 | / 胡　游 | 176 |
| 爱 | / 予　望 | 177 |
| 分身术 | / 任如意 | 178 |
| 原来她也会忧伤 | / 覃东院 | 179 |
| 家门口的陨石店 | / 吴雨伦 | 180 |
| 降　临 | / 曾毓坤 | 181 |
| 喜　鹊 | / 桴　亘 | 182 |
| 雨天书 | / 程　陌 | 183 |
| 琅勃拉邦 | / 何浩楠 | 184 |
| 迷航书 | / 洪家男 | 185 |
| 秘　密 | / 徐　晓 | 187 |
| 江心洲观鹭 | / 兰　童 | 188 |
| 等候台风 | / 韩　藕 | 189 |
| 歌 | / 马　贵 | 190 |

**喑哑之声沉进水波的年轮　大地分离出新的秩序**

| | | |
|---|---|---|
| 寄往旱瘵地 | / 致　水 | 192 |
| 玉佛寺 | / 马暮暮 | 194 |

| | | |
|---|---|---|
| 救生员 | / 米　崇 | 196 |
| 雾（外一首） | / 莱　明 | 198 |
| 观　鹅 | / 万　川 | 200 |
| 咏怀诗 | / 炎　石 | 201 |
| 静　物 | / 叶　飙 | 202 |
| 春分曲 | / 张铎瀚 | 203 |
| 六月末行迹：大峡谷，雨中的飞翔 | / 杨万光 | 205 |
| 杏 | / 岑　灿 | 206 |
| 在人间 | / 童天遥 | 207 |
| 仿佛被自己深深爱过 | / 周文婷 | 208 |
| 下雨天 | / 徐　全 | 209 |
| 紫薇赋 | / 吴子璇 | 210 |
| 活　着 | / 陈袁媛 | 211 |
| 秘密，或我爱你 | / 王彤乐 | 213 |
| 事 | / 史玥琦 | 214 |
| 盲徒记事 | / 张玛丽 | 215 |
| 低　声 | / 米吉相 | 216 |
| 去钟山 | / 许无咎 | 217 |

## 以光影喂养心中的坚硬和柔软　和生活反复无常的部分和解

| | | |
|---|---|---|
| 雨　后 | / 戴　琳 | 220 |
| 不会碎的姑娘 | / 布　林 | 221 |
| 尔　雅 | / 陈十八 | 222 |
| 有一些词…… | / 敖运涛 | 223 |
| 一　天 | / 何拦伟 | 224 |
| 咖啡馆 | / 贺泽岚 | 225 |
| 伪哲人 | / 靳　朗 | 226 |
| 马匹在城市边缘啃食 | / 黄　金 | 227 |

| 一个人 | / 小　玖 | 228 |
| 身体里有一座楼 | / 陈壁纯 | 229 |
| 洛神考 | / 应　彻 | 230 |
| 归去来兮 | / 朱慧劼 | 232 |
| 武夷山日出 | / 张　元 | 233 |
| 风雨夜归人 | / 李富庭 | 234 |
| 折　纸 | / 曹琪铭 | 235 |
| 梅　亭 | / 阿　海 | 236 |
| 听　雨 | / 牛　冲 | 237 |
| 拍摄的艺术·给兆军 | / 王顺天 | 238 |
| 谁都没有见过黎明的样子 | / 庄　苓 | 239 |
| 我的眼迅速地移动 | / 冯默谌 | 240 |

## 所有该发生的都在发生　变幻的搭配镂空日常的平庸

| 上海丽人 | / 赵汗青 | 242 |
| 菜市记 | / 颜　彦 | 243 |
| 初　恋 | / 谢雨新 | 244 |
| 同质性 | / 陈　辉 | 245 |
| 雕　塑 | / 云　枫 | 246 |
| 豹　变 | / 尹祺圣 | 247 |
| 此　月 | / 李阿龙 | 248 |
| 透明器物 | / 朱旭东 | 249 |
| 大玉苗村，访慈光寺不遇 | / 师国骞 | 250 |
| 命　运 | / 易小倩 | 251 |
| 老　妇 | / 康承佳 | 252 |
| 悬挂云朵的桅杆驶进风暴中心 | / 郑纪鹏 | 253 |
| 一个虚词的生命 | / 锯　子 | 254 |
| 深山一日 | / 越　槟 | 255 |

| | | |
|---|---|---|
| 谷雨记 | / 浪　黑 | 256 |
| 冬　至 | / 黎星雨 | 257 |
| 蝴蝶物语 | / 李航宇 | 258 |
| 典型游记：龙源路555号 | / 李尤台 | 259 |
| 安静的兔子 | / 刘理海 | 260 |
| 一尊塔 | / 刘西溪 | 261 |

## 平和地亲吻这个微醺的世界　走向你给我虚构的爱情

| | | |
|---|---|---|
| 沙子知道答案 | / 柳　燕 | 264 |
| 雨　后 | / 陆　闵 | 265 |
| 留下遗憾的人 | / 马文秀 | 266 |
| 旋　涡 | / 骆力言 | 267 |
| 对　话 | / 徐　蓓 | 268 |
| 夜 | / 许春蕾 | 269 |
| 夏天的暮色 | / 雪　屿 | 270 |
| 回乡偶书之感怀童年往事 | / 谢木森 | 271 |
| 空酒瓶 | / 李佳妮 | 272 |
| 宠　物 | / 胡了了 | 273 |
| 虚　构 | / 黄明洋 | 274 |
| 罗布林卡 | / 赵　琳 | 275 |
| 馨香纪 | / 黄鹤权 | 276 |
| 一直在下雪 | / 厄　鱼 | 277 |
| 油菜花开 | / 魏银龙 | 278 |
| 梦幽州台 | / 喻瀚章 | 279 |
| 诗人与诗 | / 李嘉轩 | 280 |
| 初为人父 | / 顾彼曦 | 281 |
| 我们即将抵达 | / 李　振 | 282 |
| 乡下捡到一只瓷罐 | / 荆卓然 | 283 |

## 什么在我身体里发出鸟鸣般的祈祷　亦真亦假的花香已将一切描述清楚

| | | |
|---|---|---|
| 孤山行 | / 杨泽西 | 286 |
| 酒　馆 | / 冯树贤 | 287 |
| 白　鹭 | / 赵　浩 | 288 |
| 美　好 | / 洪光越 | 289 |
| 午后之诗 | / 任智峰 | 290 |
| 问无题 | / 肃　北 | 291 |
| 敦煌歌吟 | / 成志达 | 292 |
| 挖金子的人 | / 苏果而 | 293 |
| 春雨即景 | / 双　木 | 294 |
| 光明年代 | / 许　莞 | 295 |
| 梦醒时分 | / 黄希婵 | 296 |
| 距　离 | / 李　凯 | 297 |
| 平　凡 | / 慈　琪 | 298 |
| 梯　子 | / 焦　典 | 299 |
| 给你宇宙 | / 宋素珍 | 300 |
| 晚年生活 | / 拾谷雨 | 301 |
| 苏康码 | / 郭　幸 | 302 |
| 上下左右 | / 马浚文 | 303 |
| 日记·其一 | / 苏文佳 | 304 |
| 房　子 | / 俞湘萍 | 305 |

## 孤独者在风中写信　我的体内有过多闲置的灰尘

| | | |
|---|---|---|
| 生　命 | / 袁　恬 | 308 |
| 我并非蓄意隐瞒近视 | / 王珊珊 | 309 |
| 过苏州河 | / 艾　非 | 310 |
| 信未寄出 | / 陈三九 | 311 |
| 收割者 | / 童　七 | 312 |
| 仍在继续的 | / 卜　易 | 313 |

| | | |
|---|---|---|
| 冬时取暖帖 | / 周幼安 | 314 |
| 远　镇 | / 林长芯 | 315 |
| 自　然 | / 张　萍 | 316 |
| 雨后，是石头的时间轴在读秒 | / 许淳彦 | 317 |
| 未竟之事 | / 付　炜 | 318 |
| 南　迁 | / 陈　丛 | 319 |
| 小照片的撞毁哲学 | / 隆莺舞 | 320 |
| 在星海相遇 | / 欧阳炽玉 | 321 |
| 岛 | / 魏　菡 | 322 |
| 寂静背后 | / 曹向东 | 323 |
| 纸片人 | / 马晓康 | 324 |
| 樱　桃 | / 许天伦 | 325 |
| 青　莓 | / 汪　艺 | 326 |
| 车间，我的青春在此搁浅 | / 许立志 | 327 |

## 隐藏的事物活在身体之外　直面眼前事物远去的状态

| | | |
|---|---|---|
| 小树林 | / 何婧婷 | 330 |
| 鹅卵石 | / 张　东 | 331 |
| 地铁站 | / 拉　拉 | 332 |
| 晚　雪 | / 火　棠 | 333 |
| 在天山脚下 | / 王世虎 | 334 |
| 我　们 | / 丁　薇 | 335 |
| 鹭 | / 叶可食 | 336 |
| 少年游·致C | / 童作焉 | 337 |
| 乌桕滩之夜 | / 许桂林 | 338 |
| 不白不紫 | / 魏欣然 | 339 |
| 戏　水 | / 代　坤 | 340 |
| 暴雨，及某些片段 | / 耳　南 | 341 |

| 晚　安 | / 仝　晓 | 342 |
| 无处告别 | / 莫小闲 | 343 |
| 微　风（或伊） | / 邵　骞 | 344 |
| 浪　花 | / 宗　昊 | 345 |
| 一切美好的事物 | / 侯乃琦 | 346 |
| 滇池之夜 | / 李昀璐 | 347 |
| 临江听琴 | / 杨声广 | 348 |
| 我这样爱你…… | / 谭雅尹 | 349 |

## 评述

| 朝向未来的后浪乘风涌现——中国90后诗歌进程简观 | / 覃　才　赵卫峰 | 352 |
| 90后诗歌：渐进成熟的继承者 | / 李路平 | 358 |
| 90后：电子传媒时代的"诗"与"人" | / 赵学成　赵卫峰 | 361 |

A
作品

旗帜在风中飘荡
像大海渴望久违的风暴

# L'Art de perdre（遗失之道）

## 秦三澍

I

针对你的植物性，你想用一些旧办法。
凭信誉，能解释得通吗？
磨破的蜂群在另一簇花锥等着你模仿。
被削尖的芳香上，一个替你巡游的赌徒
赢得过一些被咬啮的痕迹，
但不是替你。

你绕过他的梦。你能计算出梦的软边
错误地塌陷到他该负责的区域。
手套偷走了你的手——似乎是幸运的？
风中露出一截侍者的白色。
像吃着印刷品的影子转而被印刷。
他用步速在测试你
变成合格的新侍者之前，能否
像我建议的，这般想一个风餐的人。

II

他的听众在听诊器里。现场呢？一个对等物：她的耳郭摇摆出女电报员的狡黠。

一把像样的椅子承受着他树脂般的聪明。他愿意拿手中的信息交换到更少，却不想称之为舍弃。植物性，这一秒与下一秒在毗邻中添加过它；它果真成了寡言的邻居，像小银扣扭着两个二分之一的手。这意味着更少。无论饰演过多少次，她都反复说"真的与合拍无关"，她知道看护着气候对一个职业性的植物来说并不算繁重。

但私募的激情何以替那不朽的男人
隐瞒？盲点在受罚，
像一个绕着配给制盘旋的节日
用爪子拨弄她的骄傲。

"你的缺席在朝他呼喊。"
——"还在吗？"医生，最容易被清理的部分像一份录影更新着他自己。他发现的惊怖：一个有待分析的记忆形成了微缩版本，跨越了性别看着他。

### III

他为他的苦恼重塑过牙齿。

坐姿，靠仰头才能看清没发育完成的希望，像绒毛呈环状附着在花粉细微的牙上。热衷于采摘的视线在触摸到某种顽皮后被退回，超过一切迅疾的东西，但它自信能找到属于它的效率。

你能为你的捕猎换一批工具？
像一桩慈善事业：
在陷阱周围，你宁愿你种植过的镜子
依然远播警示性的浪，
攀住嗅觉，它不断被空气的漏洞抢修着。

为此，蜂群发展出的歉意有一种晚期风味。
被排空后，一张信任票抵达。
所剩的嫣红像铅笔滑脱既有的轨道，
画下微型椭圆：不完美的句号，完美的骤然。
上翘的姿势不会没有准备。

**秦三澍**，1991年生，现居上海。专事诗歌写作、翻译和研究，出版有诗集《四分之一浪》和译著近十种。

# 不喜欢（外一首）

## 余幼幼

我不喜欢打湿衣裳
接下来理所当然打上肥皂泡
我不喜欢住在这般泡影里
接受一日三餐的归类
做梦都觉得神奇
我不喜欢穿针引线
密密麻麻地排列一些乌有
我不喜欢
在我没有同意之前
一个女人争着做了我的妈

我不喜欢擦拭厨具
满手洗洁剂，外加粗俗的老茧
男人不喜欢这样的女人
他们拨开外表去寻找内层的尤物
我不喜欢菜市场
不喜欢游荡在里面
用零钱都可以换取的臃肿体态

我不喜欢捶打她的背
不喜欢她叫疼
我不喜欢她拐走我最爱的男人
放在自己的床上
我不喜欢她的一举一动

都透出露骨的衰老
让我潜下心来研究每根细纹
潜下心来只做她的女儿

## 混　沌

我所想到的仅是一个失败的瓶子
装不完我的全部

我在冬天保留的听力
被一片落叶挡住
更多的枯树枝被静静地折断
呼吸漫上河岸，比河水还要沉重

我的想法简单，视线有点模糊
月亮和玻璃杯都看不透彻
像昨天和今天混在一起
不觉得丢掉过一条缝隙

**余幼幼**，女，1990年生于四川。出版诗集《7年》《我为诱饵》《我空出来的身体》《不能的风》等。现居成都。

## 报国寺（外三首）

### 程　川

戊戌岁寒，沙弥正往香炉外腾扫信仰的灰烬
院内，旅人接过蒲团上的跪姿
此刻，残阳透过窗棂乜斜偷窥
亘古至今的生活，到底哪一口钟磬敲响我们肉身里的痼疾

拾级而上，摩崖树抱佛切割出榕的悟性
榕的画框则被嫁接成佛的渡口
我们弯腰致敬，那被朱笔丹砂誊抄过的古代
类似身不由己的人间，沉默着
一副遗世独立的胸怀。事实如此
我善用矛盾挟持体内的人质，用沉默典当神明的怜悯

在报国寺，一千四百年的呜咽被僧侣熬制成梵音
诗歌，为我虚掩着两扇山门

## 火车记

攥紧拳头，扭向窗外
夜色中的南京，旧烟囱，民房和稻田……像他面前的画板
闭着眼睛，空，还能看见什么？
多年的流浪生涯
时至今日仍害怕

安定，一个被强拆反复蹂躏过的词
肃穆时，可以听见纸上悲怆的哭声，潮湿、阴冷
这一阵阵的梅雨时节！
他用一张车票，将自己押解至异乡
我没有向他提及画家梦
就像古典技艺中的留白，在北京西，戛然而止

## 我的诗和生活有多大谬误

曾模仿过那些持怀疑态度的事物，并以此证明
落在纸上的生活都有一副好听的说辞


刺客准备好仁慈的子弹；散发着腐味的公民
从一场新闻事件中抠出凯旋的意义
幸存者挥舞着哑巴的喉咙
乡村被讴歌者抛弃，城市被愤恨者占据
信仰本身就是那群跪着的人，对这座世界提出站立的看法

我的诗从未理解汉字的定义，因此
我只向拮据的明天道歉：活着，正在身临其境

## 玉带河抒情诗章，致我的故乡

日暮时分，站在蟠冢山放眼望去，云霞褶皱丛生
夕阳扯着垂柳使劲摇晃，吓得几只水鸟从古诗里搬回人间

稍晚些，等到玉带河抬升了黄昏的高度
残阳在狭窄的河面上划燃最后一根渔火
那突兀的光亮，悲悯和逐渐冷却下去的激情
会随着山峦分泌出来的村庄一同步入梦乡

也唯有此时,思念才会挥动着那根带刺的皮鞭
劈开干涸已久的眼眶,让浸泡在水里的死路,纷纷长出新的远方

**程　川**,1993年生于陕西汉中。作品散见《诗刊》《花城》《人民文学》等。曾获《星星》诗刊"年度大学生诗人奖","紫金·人民文学之星"散文佳作奖,"草堂诗歌奖"年度青年诗人奖等。现居成都。

# 南　方（外二首）

## 王子瓜

枕进理发店水池的凹槽
色彩和声音，泡沫的螺壳正磁化
周旋，在对磨损的婉拒中
冬日纯粹的抛锚
傍晚有着一位长跑运动员
绊倒在终点之前的昏暗
远离耳畔夹道的喧声
又是几瓣新红，悄然爬上三月
仿佛温和的玉梳
将夜路俊逸的马尾
交给每一个不急着路过的人类
发间有一道清溪
自如地，落入陶瓷岩壁干脆的环抱
属于仙鹤的白，便披在她的肩头
挽住一支老歌如同挽着祖父
什么是沉稳的热力
这迷恋于简单的旋涡
什么能够盈空，什么应该被忘却

## 黄昏剧场

傍晚，在一家餐厅里我们告别。
你们告别，而我
迷路到窗外去了。云霞上，

那孩子成桶地挥霍着颜料,
街旁小树几乎要拽不住自己的影子。

现在,这出戏在按捺着高潮,
变暗的一切,反而使光线更加清楚。
哦,神的猫头鹰,
已从那片酝酿里起飞了么?
东面乐海正在浪的高音上戛然而止。
青幕垂荡的地平线,一边
是暴怒的落日燃烧着,
喝退了周围前来搀扶的夜;
一边是年轻的楼厦,昂头,不语,
只有纯粹的金色,炫耀在胸前。

片刻,一边开始说,"崇高""奥秘";
一边回应着"勇气""探索"……
一个氧分子,被宇宙
派到我这儿来,默默地观赏。

接着那幕终于暗了下来。一边的怒火
已经熄灭,一边也敛起了心灵
的骄傲,徒留一副肉体,黯然兀立在那儿。
天空已被对峙的光烫出了无数的焦痕。
在我头上,灰色的云屑
仿佛凌乱的翩翎,静静飘落。

餐厅点起了灯。远处,
演员和导演在谢幕。我站起来,
杯盏同你们交错、相碰,颤抖着,
赞美,叹息,今晚获得了怎样的净化。
然后我们告别,回到各自的生活里去
——去凝视那些横在面前的大殿和星体。

## 去　信

剃须刀，像几个朋友消失在雨中，
雨声充满了我和他们的窗户。

醒，总是太迟，
总是救不起昨夜嘶鸣的垂柳。

这天气不如继续睡在家中，
胡乱去梦，这些年遗失的东西
都好端端地，在外面的世界四处躲着。

不要出门去吧，路边的小作坊
总是失灵，整日
往外倾吐粉末和刨木卷。
我知道没有一件家具诞生在里面。

生活给出的计算题我曾多么擅长，
如今总是解错。
所以如今这一颗才是真的。

像重要的小鱼干，奔跑的每一秒
都令它掉落一点点。

下方是生活的出题机：
新的大海，愿你别习惯。

**王子瓜**，1994年生于江苏徐州，复旦大学中文系硕士生。复旦诗社第三十九任社长，曾获光华诗歌奖、樱花诗赛奖等。诗作散见《星星》《诗刊》《诗林》《上海文学》等，合编《复旦诗选2016》，辑有个人诗集《裁心机》（2016）。兼事翻译、评论。

## 脸（外一首）

### 潘云贵

我喜欢透过镜子看一张张脸
包括自己，在洗手间、公交上、商铺里
我在镜中认真看着一张张脸
有些精致，有些粗糙，有的日渐受损
有的肮脏不堪，像一件穿旧的衬衣
褶皱，松垮

一些人一生只要一张脸
一些人每天都在频繁换脸
他们的脸太多，用不完
有时就给狗戴，给猫戴
让它们替自己出门
替自己做人，等天黑时它们回来
再脱下那张脸，扔进水里
放入大量皂粉、洗涤剂
咬牙切齿，擦洗，搓揉
仿佛这是别人的脸

也有人懒得不行，直接把它们
喂给洗衣机，轰隆隆滚几遍
自己在一旁喝茶，吃叉烧
看今天的娱乐头条

我有时也拆下我的脸，放在手里
端详，把玩，过程惊悚而快乐

# 雨　中

大雨清洗世界
时间的血管在汩汩流淌
我喜欢看慌乱奔跑的人群
把影子交给匆匆的脚步
把下一刻交给流浪的风
一点点吹散今天的表情

生活也是湿漉漉的
在生锈的安全网上挂着
树叶的忧愁，雏鸟的惶恐
在城市伤疤里沙沙作响
急骤的雨点
豆子般洒在这面
已经失去振幅的鼓面上
时间都像蝴蝶风化的翅膀

没有人注意雨中的自己
会被哪只眼睛收割
只有病中的人
此刻正抱着颤抖的双膝
对这世界艰难地咬住嘴皮

**潘云贵**，1990年生，福建长乐人，硕士毕业于西南大学，高校教师。诗文散见多个报刊，出版诗集《天真皮肤的同类》，曾有获奖。

## 光 阴（外三首）

### 文 西

当我回到故乡
稻茬正在田野里腐烂
脚印被风尘与雨水抹去
很快这里将干干净净
没有什么被留下

祖先曾在这里跳茅古斯舞
他们曾和我们一样年轻
身披稻草，头上扎着棕树叶
在烈日下祈求雨水
在星空下与恋人幽会

如今他们的身影越走越远
那些唱腔与仪式也沉入光阴
田野渐渐空旷，古寨冷清
归来的游子成了陌生人

### 你所不在的孤独

雪落在门外的鸟巢上
而你不在
我燃了一炉大火
而你不在

二十个春秋
我在火边喝奶，发育，羽翼丰满
我在火边睡去又醒来
你都不在

远方的山岗被吹得发白
我坐在北方的风口
写故事，喝水，吃饭，想你
爱情的秘密飘散在风里
有一天，你变成一颗松果，我是老太婆
万物凋零，你在寒冷中摇晃
我的眼睛一点点瞎掉
只能听见尘世间最后的寂静

## 在我们之间

也许我们注定大半生分隔
在我们之间
枯树年复一年开花
孤鸟南来北往
如今我们活动自如
有一天都将寸步难行
那时，只有雨打芭蕉
所有石头下的水
都在我们之间暗暗涌动

## 两代人的爱情

我爱过许多男人
每一次都用尽全力去爱
每一次都爱得遍体鳞伤
为了在母亲面前完好如初，我只能

像一只苹果，腐烂从苹果核开始
一层一层向外蔓延，外表总是新鲜的

母亲也爱过许多男人，最爱的是父亲
她常在白雪飘飞的夜里述说——
二十年来，她一直思念他
二十年来，她像一只橘子
表皮一点一点枯萎，但心还是甜的
她逐渐衰老的身体
在我面前暴露无遗

**文　西**，女，土家族，1994年生于湘西。作品散见《十月》《扬子江》《星星》《诗选刊》《小说选刊》《上海文学》《西湖》等，著有诗集《不能遗忘的》《湘西纪》，散文集《冬日田野上的青草》。曾获"扬子江年度青年诗人奖"、华语青年作家奖，是《中国诗歌》"新发现"诗歌营学员。

# 忆登华山（外二首）

## 曹 僧

山上再山，风且味
撩心的幻景。

东峰人在翘首，
原形山在碧露的夜。

只余起伏，只余暗影，
下沉取消了岩石。

悬崖因历史而拥挤，
因拥挤而值一攀。

万般等的焦心，尽
失足于不可见的标记。

停泊的是胜静，
视界中的蓝色时间。

谁会带来日新的布告？
凉人躲入单薄的语衣。

作品·旗帜在风中飘荡　像大海渴望久违的风暴

## 沙　漠

该如何开眼？走进
神的内心的一日。
万物的攀谈消磨为颗粒，
咒语冲迎藏匿凤凰。
只有巨象载重山踏震，
只有坚冰普种无限蓝田。
谁能起死，能绝意？
手绘圆中圆，走穿
随身铺涌的壮图。
神的自我慰藉的一日，
浸熄金乌火红的尾陆，
太息而复吐精魂化形万亿。
该如何聆听？暗中的
闪着黑温的野先驱。

## 邯郸路

末世的数码城，妖风鼓动
巨幅广告布。不，不像这里。
黄绿蓝的单车刷新了街景，
局促、杂乱，死了的门店的魂
随意附身着如流水的行人。
让他们，参悟话术中的话头：
看楼不是楼，是降临的异物，
插在这个地球，这不断的
陌生化。但同样是晚高峰憋着
路口的高潮和兴奋，十年，
只需要一转身，就能出现在
另一个路口。十年，未成年的

工人走出东莞，作坊的流水线
冲刷他，只需要一辆电动车，
就能一直快速逆行，骑向系统
幽深的彼岸。十年，对立的
越来越多，两只用于站定的脚
甚至有些不够，而下一次
失衡中又是谁跌倒？鲜花立起，
霓虹灯闪烁，新生的乌云说，
雨滴也要欣赏黑夜的新生。

**曹　僧**，1993年生于江西樟树。曾获三月三诗歌奖"年度新人奖"、上海市民诗歌节"新锐诗人奖"、香港"青年文学奖"、北京大学"未名诗歌奖"、复旦大学"光华诗歌奖"等，入选"2019年清华大学青年作家工作坊"。大学期间曾创办复旦诗歌图书馆并任首任馆长，出版有个人诗集《群山鲸游》（2017）。

## 蚀（外二首）

### 砂 丁

他并不知道该不该去那个地方。
摇摇晃晃，颠倒在乡土流行歌曲
塑料色的人造灯光中。三个人
心不在焉也并不是为了伶仃地痛饮。
他好不容易穿上这一身，把劳作了
一天的时辰，细分成方言的寒暄
格言的辣，浇花女园丁葱茏、单调的羞赧。
他也带着气味而来，旋转在落单的
单身男青年后面，用卫生纸反复
擦盥洗室肮脏的墙面，在油污的镜子前
打理借来的衣装，熨帖平整。有一些
隐秘的角落属于他，但更多的女工
迎上来。她们拉拢他不合身、过长的
臂袖，故意围着他，佯装喝酒，唱歌
争风吃醋，又迅速把他抛下，莺莺燕燕
团聚在新的人、新的马赛克出租房
每日变换的生疏面孔之中。这些女孩
有的是手段，年老一些的工人说
她们会为了自己而使出浑身力气。
但她们一下子泄了气，又像是故意
捉弄自己的残忍，一个一个，身体
叠在一起，口红模糊的印迹，也叠在
渐次隆重起来的、飘摇的鼾声中。
有人在生火，重启油炉，那从光影

幽暗的角落里蔓生出来的，轻柔地用
普通话问，我能吃一些吗，我能喝一些吗。
他们刚刚度过一个完美的夜晚
他们三个人，他并不希望这样的时刻
被毁掉了。窗外不知是雨是雪
油镬气很重，吃酒已无心思。

## 山　火

我从没有如此近距离地
观察过一团山火，从没有在
家庭作业里仔细地
描摹过它。像一只野地里的
鹞子，我追踪山火的足迹
想找出那个放火的人。后来你
走过来，我们就在平台上
看林地边缘的男女孩子们聚会
喝带酒精的饮料，谈起自己郊游时
在草垛里做过的糊涂事。有时候
你像一只受惊的小兽突然站起
发出失去般的、年轻男孩
一样尖利、略带杂音的叫声
仿佛一起度过的多个秋季骤雨般
收拢于傍晚的春光里，冗长
波澜不惊。后来我们下到
院子里的平地上，恰好能看见
太阳落在远处山峦和林地的
夹角里。大人们快回来了
背着捕鸟人的笼子
都是好时光

## 中国的日夜

饥肠辘辘时他们就去离出租屋
半个街区的那家饺子馆。猪肉白菜
是必点的，不爱吃香菇，就着蒜
他把醋倒进碗里。夜声中市影渐稀
他们一起看过的，山峦中的夜色
起雾，挥舞因寒冷而紧绷的缠绕
坚定、痛苦。难道谈论年龄
不是空无，昏天中骤降的雨
并非艰难的沉默，海船上咸腻的凉
朝开的磅礴，灰色和胴体。酒
过三巡，筷子敲起碗沿，满洲曲
松花江水穿越冻厄与石窟，那无限
壮大、苦闷，照耀于这一日
铺满的雪，一生的爱痛，只这一次
你无法注视那拒绝，尖锐的冷，方言
南方馆子里烟油密布的小角落
过冰而去有凝固的岛屿，烤火的沙龙
友朋，背错台词的话剧。这暖
比凉更彻骨，更疲倦于中途的
快乐、愉悦。从青岛到上海
他们在甲板上亲吻、说胡话
像是十七八岁，苦哈哈，不知
你茫茫的瘦，黄粱般的苦楚

**砂　丁**，1990年出生于广西桂林，北京大学中文系现代文学博士研究生，曾任同济诗社社长、北京大学五四文学社社长。曾获扬子江年度青年诗人奖、"时报文学奖"新诗组评审奖、未名诗歌奖、光华诗歌奖等，著有诗集《超越的事情》。亦写散文，兼事批评。

# 北方夜行（外三首）

**瑠　歌**

天上的紫光
源自地上的欲望
城市的霓虹灯
污染天上的云层
地上的妇女
庸俗地舞动

在月亮之边
有一片
豌豆黄儿
在月之城中
有一位祈祷的公主
洁白的肉身
从不被大地的喧嚣
鼓动

## 马　肉

我们所抒情的马
是桌上的一盘肉

真正的它们
在疆北
的天河
吃草
饮水
抚摸彼此

成年的马儿
长着透亮的鬃毛
至于被牧民
宰杀
装箱
卖给河北的驴肉贩子
那是
大地上普遍发生
抒情无法抵达的地方

## 荒　山

我钻进一个窄小的洞
岩石上刻着五座金佛
腿上散落着的
人民币
大多是
一块或者
五角

观音在低头微笑
我站在它面前

许多人经过了
敲打墙壁
念诵经文
但荒山之巅只有
我们

我知道它听见了我
但我没有接受
它赐予的智慧
或者说

自大的我
将它视作
自己的

无论如何
我将用灵魂构筑的世界
是一种必然

## 避难所

深夜里
有一张发光的广告牌
上面的男人说
"阅读
是一座随身携带的
小型避难所"
——不
我回应道

我走了过去
那张发光，麻木的脸底下
写着他的名字：威廉·萨默斯特·毛姆
"没有避难所"
我告诉他
"一切都是现实的一部分"

之后
我来到了沙滩上
海上有一轮月亮
我用了许久的时间
注视它

瑠　歌，1997年生于北京，毕业于波士顿大学建筑与哲学系。作品散见各刊物，著有诗集《公路旅行》，小说集《灵魂住着老头的少女》等。

# 奢 侈（外一首）

## 玉 珍

我找不到可以寄托的事物
一些美过于空旷
像我自己
一些又过于陌生
充满危险

有时我手上大把的糖果和鲜花
不知该送往哪里
我羸弱，孤僻而羞涩
在大街上埋头走路

真悲哀啊！这么多事物被浪费
在我身上
随时间速朽

## 爱和骨头有关

如果，爱不爱都和骨头无关
那就趁早滚蛋
我不会随便柔若无骨，不会随便
任风掀开裙角
爱我的人爱我的骨风，到脾气
然后是灵魂，咬牙切齿地爱
爱我任性的巴掌和倔强

他甚至，先于我发现我，先于我
爱上我，先于我找到
我存在的无因之果。最骄傲的是
他先于我扼杀我体内无耻的孤独。
是的，我为爱而活，爱情的爱不可或缺
有一种爱几乎像仇恨，像视死如归的
顽固的坚贞，有一种爱天生像呼吸
一生只休息一次。看
爱我的人笑得像雪
他抱我的时候像在保护一片云

玉　珍，女，1990年生，湖南炎陵人。作品散见《人民文学》《诗刊》《十月》《花城》《作家》《青年文学》等，出版诗集《喧嚣与孤独》。曾获《人民文学》诗歌奖、《长江文艺》双年奖等。

# 天鹅两种

## 李海鹏

### 黑天鹅

早起的清晨,宿醉替换成
读书,厨房飘来早餐香味。
手写本展着翅,汉字轻盈;
当枯坐者凝视昨夜的树莓。

光线越发好,视野却慢慢
变暗。热咖啡在杯中梦想
结冰;挣脱了睡眠,时间
想返回夏季,通红的故乡。

谛听你的心跳,远洋搁浅;
异国的饮料渗出苦杏仁的
毒性。为什么,我在这里?

书写之手,却能抚摸到你。
病变美禽的麟趾。冬日的
俄州,祖国在栖落。危险。

### 白天鹅

降温的午夜,未飞来雪信。
百叶窗边,译者梳弄语言:

异乡挑逗着异乡人的耐心,
室外,冷风刮过黑色平原。

庭院的晚灯,泄露出植物
忍冬的苦涩。想要放生的
拍拍翅膀;心是喧嚷的湖。
半杯黑啤酒荡漾离别之歌。

取道中世纪,它终将返回;
但丁的乡愁沾满你嘴角的
滋味。看见了,那团白光。

消隐之处,地址宛如天堂。
重逢精妙的喉咙。冬夜的
俄州,祖国在新生。完美。

**李海鹏**,1990年生于沈阳,先后就读于中央民族大学、中国人民大学,文学博士,现为南京大学中国新文学研究中心助理研究员。曾获DJS青年诗人奖、未名诗歌奖、光华诗歌奖、樱花诗赛奖等,著有诗集两部。从事新诗研究与批评,兼事诗歌及诗学翻译。

## 诗人酒吧（外一首）

### 马骥文

请把灯光调至蝙蝠生存级，以便我们
可以被深邃的事物观察。九种题材，
对应九种气度。如何喝，就如何写。
哈哈，每一夜都能看见新少年，
从天边冒雨赶来。他的手掌落满
雨水，需要喝一杯才能变得温暖。
管风琴手，正弹奏属于未来的乐篇，
我们都坐在宇宙适合的位置收听。
这是避难洞穴，流浪人聚在这里
长久地谈论心灵。彻夜的彻夜，
多少幽灵——从我们口中复活。
他们在篝火上跳跃，照亮你在语言
险地上耕作归来的脸。没有人
可以阻止我再饮一杯这深情的酒。
爱人离去的冬天，你行走在薄雪的
郊外，练习一生的寒冷。足够多
河冰在我们身后崩碎，足够多人
陷入自己的故事，再也无法走出。
我披荆斩棘来到这里，只是为了
重新找回被我丢失的海洋之心。
一些人群离去，更多的却正在走来，
诗人酒吧即将迎来新的一天，我
也将再次从这里起身，去世界码头，
搭载你魔鬼的帆船去一片新海巡游。

## 新年祝福

> 新年好——新行星——世界——家!
> ——茨维塔耶娃

时间花园,荒芜小径的交叉处,
我们(一些被扔掉的残损礼物)
又将在这个蓝色星球的不同时区,
守候一个嫩绿而剥夺的时刻降临。
铁器轰鸣,万鸟朝着天空飞去,
只有此时,我们拼接为一个物种,
在不舍昼夜的流水中爱慕的物种。
每一秒,未来妖娆如美人,因为
痛苦的人类只有未来一个出口。
可是我已经不能再等待下去,我
正泥泞在艰难的北方,只能借着
幽灵月光,为你送去一篮篮燃烧的
野雪。这是我仅有的赠礼,美丽
一夜,我为活着吞咽所有灰尘。

斑马从滑梯落入深河,水面银光
闪耀我人间的歉意。被时间雕刻的
也在雕刻时间。就好比,谁可以
解锁诗歌的冰抽屉,谁就会成为
新的奇迹。宇宙魔镜永远供幸福的
人居住。他们在里面划船,浪游,
沉稳度过甜蜜的一生。而我的甜蜜
将在未来例外的野地。世界舞会上,
还有什么是你我不能承受的?即使
再多的夜,再多的血。我只能向你
说:祝福!祝福!一遍又一遍通过

狮群的吼哮和火山传递给你,也会
在薄冰、土壤、露珠中对你说。这
问候必将抵达你,直到热爱,直到死。

**马骥文**,1990年出生于宁夏同心,回族。曾获十月诗歌奖、柔刚诗歌奖、未名诗歌奖等奖项,出版有诗集《妙体》《唯一与感知者》等。

# 夜（第四）（外二首）

## 张晚禾

码头上，渔船已经启程
姑娘们打起了灯笼，回到家里
这一个普通的夜晚，父亲和母亲
往火里扔白发。老人纳鞋底，孩童
仅仅是这夜的一个脚印

此刻，坐在你对面的那对中年妇女
她们埋在一半坟墓里
此刻，你的城市需要安眠
也许我会离地而起
与这只啄食的小鸡相爱

## 夜（第十）

夜深了，搬了一把椅子，放在水面上
我悠闲地坐在上面，身体感到累极了
我把双脚"取"下来，把手也"取"下来
然后，是所有的器官和感觉
通通"取"下来，搁到一边
月光把我的白皮肤照得很明亮
透过水面，底下正躺着我温柔的母亲

## 夜（第十五）
### ——给第二个女人

我的母亲，总是喜欢在夜间捶洗衣物
在夜间，给我说她母亲的故事
母亲有一根圆木槌和一把木刷
年轻的时候喜欢与人结伴，扛一只木桶
去大溪边，蹲一个下午，洗一个下午
他们一家七口，死了一个弟弟，母亲的任务
就是把一家人的衣物，洗清白
把一家人的命运，也洗清白
洗完衣物，母亲也会对着溪水面
清洗自己的身体，清洗长至青春时的贞操
那个时候，她的母亲还是一名农家妇女
还会为了生下太多的小孩，不知道如何养活而愁苦
她的母亲，一个喜欢穿红色短裤的女人
孕育了我的母亲，并让我的母亲
又孕育出了一个女人深入骨髓的痛

**张晚禾**，1990年生，浙江丽水人，媒体从业者。作品散见《人民文学》《诗刊》《星星》《中国诗歌》等，另有文学和电影评论见于《文艺报》《看电影》等。现居北京。

# 石 榴（外三首）

## 甜 河

来晚了。石榴咳血的那一夜，
你只能寄情于艳丽的耳垂。
爱它的千人一面，爱一闪念。
而闪念轻若闪电，何处是你同学？
夜火中高烧的是你同学。

欢爱也显得陈旧，裹挟春潮回涌。
在手的迟疑之中，在最小的反复中，
你随夜晚远离，呼应体内膨胀的金。
身轻如燕的是你同学。

来晚了。来不及等石榴成熟，
你就要快乐地溃败，为死亡庆祝
就从学校走出。一颗星子如一点痣。
你为新人哭，为鬼簿增添新名录。

越来越安静的是你同学。
拿走耳蜗的软骨，多情不过暮晚。
你怀抱石榴蓄势，为这临危一转。
余温化为一片稚子的欢娱和痴心。
你，难道不是因为厌倦而缱绻？

## 晚　宴

如何步入逸事的黄昏？
我用一次奉献一生。
预感失败的时刻，
扇子的细褶还在无穷变多。
告诉我，弓箭的足尖在哪着落？

孑然如衣冠楚楚的饮器。
哦，这纤细的梅花
饱含远景之泪，怎能缭绕于我。
它旋转，旋转，旋转
等待迷人的舌头分食风景。

活着，或如扇子的醉态：
在你耳郭之后，引吭
拨动嘹亮的丝绸。为什么，
你就要快乐得发颤，任凭
晚风的绒毛细细消磨？

任凭一群人带来另一群人，
而美会衰竭，会在耳中
发出嗡鸣的玉响。此刻，
轻微失重的时刻，毫无来由地
我们都在渴望着受伤。

## 暗　器

帝国的肉脯就要炊熟，
群山如玉，迢递无名的剑气。
傍晚，待天空肃清了政治，

神鸟的嘤鸣此起彼伏,
摧折怀柔的荔枝。

看,失神的皇帝独坐,
他沉思的面容异常邈远。
灯下,你窥见纷纷的前世:
燕子在梁上喋血,安魂的手
接引不可承受的殷切之雨。

是吧,明月秋风换了又换,
天地一线,孤悬了倒影;
讳莫的音乐讲授着蜿蜒,
四壁穷响,狂舞流水的懒气。
禽鸟的叫声愈加嘹亮。

你渐去的身影迟缓,宁静。
凉叶就要攀上畸树了吗?
峰回路转,轻信就是倾心。
我倒退着走向你,腹背受敌
何不野哭,击碎振翅的薄冰?

## 鹦鹉螺

呵,扰乱人心的鹦鹉螺
在怎样的晴日里梳洗?
风景在你手中急遽地变幻
我的客人,汗湿了遥遥月
稳如勾挑宇宙的纤维

用什么款待你?望气的人
眯上眼,借春困历遍深心
是那未交的好运令人呕吐

几乎要放弃，凉风习习
赠予我轻薄的小酒杯

呵，平凡的夜，离奇的夜
欢愉的感官承载着危机
幽巡而来的无穷私密
会撬开一个阔别的白昼吗？
黄莺重申亡唇的乐药

无人剪芯，而灯已昏昏
心细如发的，是俊美的兽吗？
地图在你面前重重地骤合
我，就是不断胀大的饕餮
如此皎皎，如此恶心

**甜　河**，本名汪嫣然，1992年生于安徽潜山，青年诗人，策展人。曾就读于同济大学哲学系、巴黎高等艺术研究院策展与艺术文化管理专业，现为复旦大学艺术哲学系博士候选人。曾获北京大学"未名诗歌奖"、复旦大学"光华诗歌奖"、南京大学"重唱诗歌奖"等文学奖项，著有个人诗集《晚熟》。

# 荒地乡（外一首）

## 李 琬

"在那一时刻，有人曾到我心中来过。"此后他一再如此说，并对自己的话坚信不疑……

——《卡拉马佐夫兄弟》

我没法向你解释
你要看的那个集市
或许它已经不在了，或许比不上一句本地的吆喝

公牛接连从车上跳下来，笨重、庞大，掀起尘埃的战争
差点追赶你，你身体里全部的
国王、奴隶、男人、女人、公民

我们观看这一幕，带着兴奋和惊惶
但它们终究掉头而去，因为你也未能把脖颈
放在它们的脖颈旁边——闭上眼睛
像晒太阳，像坐船，等待必将到来的刀丛或雨

还会有一些黑羊挨着你，煤渣一样黑暗
带走它们的人不多，也许一生
都像它们的主人那样，哪儿也不去
只是走进窒息前短暂的安宁

或许受到了煤渣的启示
当有人要向我讲授信仰

我就像猎物那样领悟，逃开他的手臂
朝悲惨世界飞奔

"这生命一晃而过"，一个女主人重复又重复
手边的霞光滚下黏腻的案板
那些语言不通的外国游客
也感染了掉落在地上的杏子的忧郁
为没有被你吞下而感到惋惜

你指给我看，那些连成一片，难以分辨的羊
眼睛多像一口钟，在空洞的身体里摇晃
今天的钟声很快就用旧了
当我们坐在回城的车上
用蹩脚的中亚语言询问方向
空中充满白杨干燥的气味

此刻没有人到我们心中来过，我们肯定
只是忽然想起被称为家的东西
我们的出生地仍然多么适合摧毁

## 谢家胡同

这些坚硬的门槛能迫使座头鲸
长出脚爪：京承高速，东直门，安定门……
从热河开来的长途车布满尘土
照亮哀乐的鸿沟，前程的鳞甲

云像孔乙己排开的铜钱，冰凉而安稳
词之间的空隙越来越大
一整片号叫的沥青被拧成脱形的亚麻衬衫
我在酒中抓住北京的尾巴，狱卒的衣领
他松开我舌尖多雾的镣铐

我住在歌手废弃的琴弦、加深的皱纹边上
我也多么爱那些残存的名字：豆角，柴棒，车辇店
桥洞下的风，跟着幼年的兔子回到我膝头
像一个不存在的我的孩子

父亲，我看不见你的梦
我攥住许多无处可去的声音
来到我自己的病人身旁
从他手里吃掉秋天的灰烬——
我喜欢那甜味，一些屋顶正在坍塌
一些叶片落在旧王孙头顶

经久不息的劳动透过镀锌路灯的光彩，来到
路的中间，做烤饼的女人俯下身子
面对杂草，轻轻呕吐
路的尽头，挨饿的松鼠钻进豆腐池取暖
手书的招牌败落，映出几张被熏黑的脸

多么柔软清凉的雨，银光闪烁的钟楼鼓楼
像一把长锁，暂时锁住我们的身体
事物的纤维裹紧，暗暗卷走生命……
我的呼吸在你口中，我完全是你，灰色的沉醉的内城

如果不能忍耐那些纸页和灯光了
那就再忍耐一次吧！那也是我们同样不会再有的
后代、幸福、熬夜读书的日子，或真正的荣耀与牺牲——
给我更多的雨，冰冷的远方和病危的亲戚
都在檐口闪烁最后的绿

**李　琬**，1991年生于湖北武汉，毕业于北京大学中文系，以图书编辑为职业，酷爱写诗、散文、评论，兼事翻译。

# 午后东山岭（外二首）

**苏笑嫣**

山风忽东忽西地吹着。在东山岭，
一切都忽然静止了下来。比如水流于此
突然折返了身子。比如云朵缓慢，树木庄严。
比如风筝和蝴蝶都自有去向，一只麻雀飞过，
过一会儿又飞回了原点。

我在山间走着，有时停留一会儿。
微风里的田野将绿浩浩荡荡地散落一片，
湖水用云朵轻轻擦洗着身子。一座山，首先
属于土地，其次是对时间无限的接近。
阳光正好，山脊、植物和我平分着光阴。

寺前的红丝带在捕捉着风。古树下是大片凉荫。
我无所期待，只是静静地坐在那里。时光的轮回
总有小小的悲悯。人们生活得多么用力，又多么
虚张声势。一株草怔了许久，在若有似无的风里。
在这个下午，我和它一样，属于沉默又迟缓的木性。

## 万物使我缄默

出于羞惭　万物使我缄默
兴安落叶松油绿　好像集体哭过一场
于是午后饮马　在斜枝下稍立片刻
南风带来一生错过

吹长了一串雁子的阵型　云层低垂　而天空悲伤
昨天的话一如往常　端坐在今天的树枝上
——那果实曾经甘甜而如今酸涩
耐心等待　时间　把它酿成美酒　以及更多的沉默

我同树木一样无所事事
或席地而坐　读乏味的书　写下无用的文字
不发一言
或看两株虞美人　在风上相爱　相爱又分开

林间营营有声：一场隐秘的对话
潮湿的风向惶松
天空随雨水一同降落　一种辽阔的战栗
飞鸟如箭　倒影是留恋一切以及淡漠一切

## 半夏生

夏至　日光清朗　白昼太长
像极了我体内的空
饮水　话要少说　鸢尾兀然树立

应当焚香　写信　看静默的电影
应当在雨天　疾走　读书　倦极入睡
一个人的生活　时日漫长　寂静空阔

应当模仿门外的合欢
百无聊赖的时候　仍径自梳妆
仍美丽　仍等待一个系马的人

若有人风尘仆仆　就与他饮酒
六月天空高远　煮沸的水默含过往的半生

就无言　抚琴　并坐　看顾三株杏花树
天边晚霞已落　一声轻叹
有风　适时吹散　眼角蕴着的薄薄的苦

**苏笑嫣**，女，蒙古族，90后，中国作家协会会员。作品散见《人民文学》《青年文学》等，出版诗集《脊背上的花》、长篇小说《外省娃娃》等七部。曾参加《诗刊》社青春诗会，获《诗选刊》2010·中国年度先锋诗歌奖等。部分作品被译介。

# 在国家图书馆（外二首）

## 陈　翔

我回到上一次离开的位置
像乐手回到他中止的乐章

在倾斜的光焰里
我的书躺在桌上
仿佛一只敛起翅膀的鸟

这些羽毛般绵密的长短句
被我的手掌翻动着
阳光赋予它们金色的重量

没有风。我的视线
行走在这片深秋麦田里
如一把镰刀辨认它的命运

在午后阳光下
世界是新的是盲的
事物毫无目的地美丽

一种明亮的喜悦震动了我
仅仅因为活着，没有死去

父亲，多么遗憾。多年来，
你是盲的，从来看不见那伟大的教诲。
生活是你骄傲的大学（自由是我的）。
我来了，看见了，听见了，却还不能信。

父亲，沉默吧……
尽管我是你的回声。
两代人的沉默，多么美好。
什么都不说，什么都明白。

## 黄玫瑰

玫瑰娇嫩，因而残忍。
我无力侍奉这从天而降的花朵。
这尖锐的天使，淬炼过的光。
我甚至没有花瓶去安放她。

一天天，我冷眼看生的气息
在桌前衰弱。她的容颜
是某种行将失传的语言，
来不及书写，就干燥、枯萎。

她耸立在无常的空气中，
任由时间鞭笞形体。
那空空如也的花枝，
如维纳斯的断臂。

**陈 翔**，1994年生，江西南城人，毕业于武汉大学。曾获"草堂诗歌奖"年度青年诗人奖。现居北京。

## 平 原（外二首）

**马修诚**

线的
深处，广袤
源于车辙
最陌生的恳请

在你眉间
又一次
漫游的房屋越来越少
而你发丝上的隐喻
越来越多

## 唇 花

钟形的
花
开满你的唇部

你应从
最柔软的针眼内萌芽
这是死亡
最苦涩的移动

朝向它，这盲目的花蕾
从钟的斜睨里
爬露

当你长眠

以光和死亡最倔强的共振
以你唇口间闪烁的极夜

## 海市蜃楼

一

海浪点数着我们
正如海浪中撤去人类的蹄角
潜水艇跨越面孔下的晚霞
时代如锈铁般膨胀

二

我们传递所不能打开的，并任由它完全消失
鱼群从怒视中聚拢成一只深蓝瞳孔
我的词如黏土，迫使浮荡的城市公墓
砖砌出珊瑚枝头
鲜嫩地忍受
真理稀薄处令语言蒙羞

三

我们已睡去
风暴正聆听一张被宣读的海蜇皮纸
看同一种胸腔
共鸣出怎样犹存铁腥的肺热
直到多桅的水族博物馆从我们记忆里
爬露出翅膀
就醒来，就展翅
并作为一只古老的枯叶蝶而存活

马修诚，笔名左玄，1994年生，商业管理硕士，旅欧诗人。诗歌散见《星星》《诗歌月刊》《飞天》等。曾参加《星星》诗歌夏令营。

## 地铁与春天（外一首）

葭苇

古城的地名在这里像一些药剂
大于词汇，而小于归宿
被安置其中的你我，相拥时
似乎没有野心将它们一一喊出

四月，食草天性被你牧羊的手掌
释放。我只想靠你紧一点再紧一点
直到一河的重量，托于你之上

在行人走倦的起身中，我衔着铃铛
抵达春天的山顶。芽尖绵延
恋人的嘴唇，小兽般湿润

我不轻易说话。我的爱人
说话前先吻我：再慢一些就好了
河风还在搀扶我体内的云朵

而春天的秩序是，每当我
贴紧爱人的胸膛，爱人他便
抵拔成一林大树在午后的庭院
顷刻前，已为我摇落满身枯叶

## 蜂

我在沉默中闭上双眼
幻想你能再次
再次地　为我疗伤
摇曳的躯体
开始变得沁凉

如果说　刺痛你
是我的最后一道防备
亲爱的你要相信　我从来
从来不愿这样

我对你的爱
也将不复存在
存在的只有
你短暂的疼痛　和
我永恒的死亡

葭苇,女,90后,诗人、译者。先后就读于纽约大学、北京大学。获语言学与音乐双学士学位。出版有双语诗集,主编《海外华裔童诗集》。

## 白 垩（外一首）

### 康苏埃拉

> 她凭一身羽毛作赌——赢取一道弧——
> ——艾米丽·狄金森《她凭一身羽毛作赌》

飞行几乎是一种罪恶。
如果往世之风又一次选中我，
给我闪电，教我嘹亮地折返。
如果仅仅为了骤临于此刻，
让我观看这年代久远的白垩。

而我竟记得，我竟记得：

一页绝望般平整的时间，
光与暗的手势久久咬合。
还有海，毫无意外
在海自己的意愿之中躺着……

随后是什么声音将我捕获：
"没有出路的在场，不如死去，
不如这风"[①]它说。

我不再扇动我。

---

[①] 化用伊夫·博纳富瓦《戏剧》诗中句。

现在，白垩岩上某位旅行的少女
正以温柔的天气结束一场目击：

小小银鸥，千万别跌落，
也不要去吃月亮催熟的腐果。
那白色曾怎样朝向我低唤——
赦免！赦免！我至今还记得，
失神者的轻盈是致命的。

（2016年，是日海崖速写）

## 夜祷之必要

我可能什么都想要：
那每回无限旋落的黑暗，
以及每一个步伐升盈，令人战栗的光辉。
　　　　　　　　——勒内·马利亚·里尔克


请给我以暴风雪的必要，以出逃的必要。
夜幕下身披水滴，与一位同样
湿着额头的异族人隔窗而吻的——
必要。但在这以前，且先给我以独自
涉身险程的必要：盲女般褴褛，跌撞……
如一场小于神明的雪终将畏惧于自身
之旷野的必要。直到我学会了如何渡水，
如何——燃烧——。那时，且给我以
狂喜的必要，微暗中偶然重逢的必要，
甚至是亲吻过那陌生的信使后仍要朝他
索饮一杯惺惺忪忪的烈酒的必要。待他
甘愿与我拥雪而坐，而沁凉在我们彼此
话梢间婆娑，便请给我以宵禁的必要，
以被绑缚于千万种庞然不安中却仍愿
孤注一掷的必要：于此，我才终能向他讲述

关于爱的一切——我有多么渴望盈满,就有
——多么渴望在这满溢中速朽的必要。

(2018年平安夜,为写作者的殊途与同归)

**康苏埃拉**,一名工作、生活于美国旧金山的中国青年诗人、文学艺术译者与跨媒介创作者。曾获柔刚诗歌奖·主奖、未名诗歌奖、重唱诗歌奖、樱花诗赛奖、全球华语大学生年度诗人奖,译有小说《大机器停止》,散译多种当代英语诗人代表作及当代艺术评论,其跨媒介实践展览、表演于南旧金山图书馆、Yell Space要空间、OCAT艺术中心等地。

**A**

作 品

诗在过期的生活指南上
练习跳跃后的平衡术

# 黄金分割（外三首）

## 宋阿曼

我无法朝你再走一步，也无法
把话都说出。亲爱的，我是星辰
幽微，出于美。但距离的忠诚度
像我们的礼貌用语，无法敞开
这一度使我对造物的用意感到迷惑
为一个人下场雨，是妖魔作乱的时刻
人口失踪的时刻，获得喜悦——
五月的午后降临的时刻

## 立水桥

我们晃开高烧的城市边界，会饮
黎明到来的时候，我们收帆
下急水。一切感官肃穆地消净

清河只在我们的夜里成为蓝色
我们取来，连带五环外的一段风声
谈论所有漂泊者的名字
在一场渐消的梦里将他们打捞
入滨岸。我们如何辨认？
从不存在的雾里

"哦！我醉中的阿芙洛狄忒"
你将潮红的胳臂探进第一抹光里

还能说点什么呢，黎明就要到了
我们又如何确认彼此？往沉默里

你是夜晚，爱人乘着船

## 晚　秋

橙色可以再多一点——
形态不明的匿暗时刻（整个
十一月）人是盲目提出要求的

我们建筑的门廊锁不住激流了
我们挑拣，认领，把无辜的石阶抬走
在枯落时分暗自更替

也不追赶了，甚至从一些光荣之物中退让
那时候，你更多是像个少年
拥有成年的影子和发丝

你愿意说爱我们的母语没有时态
某种叙事不可能了，也因如此
你才一次性宣告：我爱

## 明月夜

我们谈谈痛楚。晚风里有口琴声
来美化这场命名仪式。我们的苦涩
来源于理解。我可以理解那些
你不想说出的，风筝线你还牵着吗？
世上的快乐太多了，于是你更加警惕
柔软的丝绒面料，梅子色的口红
还有过度的表达。你怕每一个凌晨

它们将衰老挂在窗口,谁望
谁就沦为时光的冗余。献出一滴泪
让裂口返潮,我想过重新缝合
肌体上所有的不知所措,麻醉药效该过了
你知道的。遗憾像无形缠绕的蛛丝
困住的,是许多微妙的东西
证物已被破坏,须拽住沉默者
世上快乐太多,我们得谈一谈痛楚

**宋阿曼**,青年作家,1991年出生于甘肃,中国现当代文学硕士,《文艺报》外国文艺编辑。有小说和诗歌散见《人民文学》《上海文学》《十月》《诗刊》等,出版小说集《内陆岛屿》。现居北京。

# 郊　外（外一首）
## ——在去往波列诺夫庄园的路上
**苏画天**

一

车子在加速。打瞌睡的办事员
靠在前排座位上。昨夜的酒醉还没有消退
熟悉的困倦沿着汗珠爬上额头

旁边的车窗玻璃上，不断闪过另一侧的苏式建筑
排成长长的一列
像是某部苏联电影的片段
战事旷日持久。他转过身来
没有注意到，纽扣的防线已经松动

二

山路颠簸，梦也变得崎岖，他醒过来
某种陌生的感觉挥之不去，仿佛突然中止的欢乐
再也无法接续。车子停在路边
云在低矮的空地上汇聚，尚未结束的党课
又被窜出的鸟鸣打断

他夹紧自己的公文包
徒步前行，却被路边的花丛吸引
光线在头顶的树荫中闪烁，像是年幼的瞳孔里
轻轻晃动的星空

三

房屋隐藏在山野间。不断分叉的小路

始终无法通向那个约定的地址
他快步走
像是躲避尚未到来的暴雨。树林再次遮挡视线

他喘着气，四处张望
一座教堂突然闯入视线
山坡的另一侧，河水无止无息，流向远处

## 边界地带

天色加速变暗的日落时刻，依然有人在周围来回走动
那些逐渐清晰的身影，在夜幕中重新变得遥远
没有雪。正在被翻修的柏油路面，结出细碎的寒冷

这是十二月的边境城市。不必抬头看，也不必
用长谈消磨永日。鸽子从尖顶的高处下来，低沉的光
寻找着新的栖所。已经开裂的建筑，变得更加寂静

那些地名曾经和水泥一起，在旗帜中生长，但现在
人们已经学会如何与记忆相处，正如象走田，马走日
过期的生活指南上，只剩下革命旧址与未接来电

也有人越过栏杆，提前走到对面，完成了一次突围
或是忽然停下来，听往日的鸽哨在车流的喧响中升起
但很快，风从风声里传来，行道树重新隐入丛林

在无数的空间之间，人们练习反锁，转身，迅速睡去
重复的熟练动作，将身体里陌生的部分推向边界地带
只有口袋里的钥匙，仍在局促的黑暗里叮当作响

**苏画天**，1991年生于河南，后移居新疆，曾任北京大学五四文学社社长。作品载于《诗刊》《诗林》《上海文学》等刊物，并被收入多种选本，出版有诗集《降落的时刻》。曾获未名诗歌奖、樱花诗赛特等奖。

# 四月是悬铃木的季节（外一首）

## 午　言

四月是悬铃木的季节
它们持续贡献飞絮，并以此
作为迎来送往的典礼
这些小家伙色彩金黄，触角
稀疏，如田野收割后漏掉的麦芒
它们也会落地、打滚
消失在八角金盘的巨手之下
如果再起一阵风，它们将
再度委身引力的召唤，飙升、旋转
如此落入轮回的死循环
它们没有获得自身的抵抗力
而所有沉默，都来源于树干本身
来自外部仪式后的片刻寂静
万物皆被安排，每一颗
金色小刺猬都像我
还未找准角度就被高速抬起
并在空中被赋予风的形状
巨大的呼叫声很快就会漫过去
我们都不会被听取
这个时代，唯有沉默，能将
渺小的痛苦稍加撑持

**最称职的骑手**

脑袋如一颗混沌的气球,
摇摇晃晃地,湖水就涨起来,
由内而外,依次漫过基底核、脑室和皮质。
倦意不断探头并开始游泳。
以数字催眠是不需要的,那些羊
已被他整整放牧了一个上午。
让眼皮垂下,世界清脆地合上瓶盖。
湖岸线不再增长,光亮消失,
故乡的云月结满清凉,
又在恍惚中递上几丛榴火。
分不清顺流而下的帆,
是否载着些逆流而上的人;
也看不见顺时针膨胀的暖意,
能否抵御沿轴线撤回时
必然遭逢的霜寒。
都是潜意识疑虑,每一次惊醒
都意味着无条件清除。
当他成功接单、打开地图,飞速且熟稔地
戴上安全帽,不用说,他仍是
整条大街上最称职的骑手。

午　言,本名许仁浩,1990年生于湖北鹤峰,土家族。南开大学中国现当代文学博士生,兼事诗歌批评与翻译,出版诗集《数年如零》。

## 秋天的太阳（外二首）

### 赵 应

野火粗糙
破袭天空华美的袍
空旷不伤一地的风声
远方水落云起

不见开花落英的村庄
谁一叶知秋
谁洗净双手
至真至善，泛爱众人

更远的窗开在天边
谁两眼空空，不愿当时孤独
一场大火占有了谁
谁明亮而悲伤

### 不速之日

我早说过，温情的伤口只如怀旧般欲盖弥彰。

一个人老了，除了絮叨、罹忧以及
与之伴生的自惭形秽，还能有何作为？
除了有序运行脑力与火一样的意志。

我早说过，我们也曾像草一样
活着。如老妪，终不免风烛残年，

雨落，风敲。宿命阴晴半分，
身怀六甲的女人真焦虑，真是焦虑。

甘愿时间将这一切燃烧殆尽。
静下心来，横穿马路时我感到大地回暖。
但回忆无疑是衰老的先兆，
它从不急于成风，成情人永诀的夕照。
在我身后是庞大而渐趋黯淡收场的农业图景。

## 山　西

一个大国可以同时裂为三块碎片
在褐色的高地，一条河流是这样的
沉默是实体，其他是泪水

而同一速度的列国周游既有害
又无声：这一夜，像流亡
这一夜，如果大雪封门

我有三亩葵花寄存在他人的仓房
我有三次机会死于同一个屋宇下

另一种街市店铺林立，人马拥挤
其上一盏盏灼烫的白炽灯为了暮年
舍身奉上自己的搭救，一条炭河
骑着太阳造就的树叶弹琴唱歌跳舞

穷中之穷的地方，在大山之西
众牛车道向我集聚，但不便轻易开口

**赵　应**，1993年生于山西灵丘。有作品见于《诗刊》《星星》《中国诗歌》《青年作家》等刊物。山西省作家协会会员，2014年出版诗集《微神》。

# 新春夜（外一首）

**陈陈相因**

我们的小唇衔杯，夜宴上饮光的朱鹮
为灭绝的生路肯定随身携带的异地
由于家乡固执地参天，我们压箱底的
撒手锏是一张称王的小丑，一路下来
你只扔出花草相间的安全牌给地雷

年初唯一一次饭后偷闲，你向我许愿
几位数的财神爷和一位儒雅的驸马爷
我洗盏接应星宿与烛花交错的流失，等待
黎明依次发落我们熠熠生辉的渴望，为你
穿上合身的祝词，因一切似有若无而舞

仅剩的春寒捧红皮肤，在我们的指肚
结石。我搂紧你，在终雪写字时重蹈
埋伏极深的住宅区，路过烟火四起的爆破音
我们有爱，因此扛下不少苦酒的经停
哪怕毫无惧色的真心，往后都是愚人的残灰

## 椰 树

他常在失群时开屏，垂下几束
流苏袖，端起风来，碧穗疏落
脱臼貌。小立散坠绿，硬篦子
筛流光，软鱼骨舞干，犹如

无眠的羽葆花旌或可人毽儿

因已无君王闲坐，瘦金体似的
叶便旋开了奏章。他亲手织就的
弄妆彤云，娟娟月光和碎银般的
落难星子，伴着足下的绰约之水
来回。迁客是不宜梦鸟的。若
山有棱，他则多想一日海誓

绍圣四年，有位逐臣远道而来
岛岸上春睡的毛笔虚步避白浪
惺忪中生了花。远岚掩映翠翘间
珠崖的生死梦中，诗人砸开
博喻力的蟹，天空顷刻长满孔雀

**陈陈相因**，女，1998年生于黑龙江。作品见于《诗刊》《诗林》《星星》《诗歌月刊》等。

# 巨型植物
## 海 女

给一位即将离开S城的朋友：
愿我们一起建设神的语言，遗忘人的过去。

1
虹口足球场的噪音侵入肺叶
迫使我轻轻剥开半个世纪的水泥造物

灶台传来钻石切开金花菜的声音
铁观音塌陷、蜷缩、自我焚毁
迫使我反复数着满地坠落的星星

雨水汇集在拖鞋发出的鸟鸣里
剁椒鱼头正悄无声息地滴血
你睡着，朝窗外那抹弯月吼叫

月被撼动，迫使我重复：内心。内心。内心。内心。
内心从来是黑暗的
却有烈焰从中逃离

此刻，青松的枝条被雪压断
而人半身浸在水中
如若神明

2

旅人芭蕉阴影下
龙舌兰草燥热不堪
同我一样渴望雪地

而北方的船会带走每一场雨

圆满的告别
需要找到一条落满松针的路
踩着树影，慢慢后退

3

在湖心，花瓣开合
黑白而永恒

锈色容器内，神珍藏着赤红的皱褶

推开乌有之门
门后的藤鞭从天上抽动

**海　女**，生于上海，曾因工作、留学而生活于武汉、广州、台湾等地。心理咨询师、艺术疗愈工作者。作品曾发表于多本诗歌刊物。

# 蜡 梅（外二首）
## 更 杳

一小团迷茫，途经怎样的扩音，
才把幽香递送到你袅细的鼻息下。
风儿没有声张，你的发丝却六神无主，
像是喝光了喇叭里的老酒。
空园里游来慢板，白云般滔滔不绝。

你猜测蜡梅是否在等，比枝下的夕光
更神圣的圆弧，你猜测它半透明的小脸
藏着比略蘸一抹雪花膏多一丁点的神秘。
比如当它们睡着，肩膀谦逊地交叠
睫毛上翩过几片飞旋。

倘若无蜂儿来提亲，它将喋如一枚熄星，
让人忘记摄入它淡色的腼腆……
倘若它长在寺外，尚能参礼一场宝相庄严的雪，
尚能被掠美的光圈恭维。

我们不应在梅树下谈及爱，
过了冬天它将如此脆弱，
被拆光严寒中保藏的尊严。
过了冬天，我们也将遗忘这小小的园子。

"那就让冰霜把季节反锁。"你放慢目光。
微蕊含情，缓步于危险。

我们不肯放弃希望，
期待蜡梅成为最小的圆熟。

## 越　轨

归来的人，总是在黄昏，
在鸟叫的汹涌中浮出身影。
淡金色的气尘中，把消失逆转
成一个仪式。

那人走着，为身后的景色扬起阵阵诀别。
他用走神绕出一个你。他还没有来，
人们已经摸到你的脸，又挺括又寂寞，
似烟波里传来一枝荷。

道路是布满死肉和坏账，
可气流里翕动着微弱的包扎术。
不可能有一个人的凝视，熔断道路。
他说，我出生时携带的罗盘晶亮如新。

那人走着，身体里有一个速度在晃，
驾着他往不重要的地方冲与刺。他抱怨：
我四处征战，从未讨伐到
给我酿造苦果的一个。

我尝试过的越轨，轻弱得像流苏，
只替我一生贡献若有若无的风姿。
那人走着，默念：快，浮行完这一世！
我过于严厉的姓名，只有在谢落时才美出泉水。

## 凉　鞋

世界开始于一只走丢的凉鞋，

或因走神而走失，或因忙碌而滚碌。

当轻盈勒出饥馑，它亲昵于泥土和花汁，
化作溪渠，盛着死去牛马泪动的耳语。

仿佛永世初啼，凉鞋喊彻它的经纬。
不是它不怕滑，把青苔踱成火漆……

蹚过沥青与焦土，也要沾上他人的结疤。
它走了太远，有许多信要写。

一只害羞的凉鞋，像一个绞着手的青年。
邀请你试穿睡梦，这间吱吱嘎嘎的木房子。

有时，作为避难，它为人隐瞒跛脚。
脉搏旁颠簸漂泊，它也曾是某人的居所……

走过生死攸关的吊桥，它并非不了解蚂蚁的惊慌，
和宏大的答案盖好前，下坠的沙粒。

一只多情的凉鞋，总在赛跑中不力，
却像渊客的眼眶一样熟知汪洋。

雁唳伴旋着人迹罕至的快乐，
无尽的拜别里，凉鞋牵一头黄昏而来。

倘若你得知寂寂小雨中冰凉，浩荡，
无人问津的自由，又或是路过香丘
在某处逢着它，你会知道：
它曾是一只好凉鞋。

**更 杳**，1992年生于安徽铜陵。曾获南方进步诗人奖，诗歌及评论发表于《上海文学》《诗歌月刊》《青年文学》等刊物。

# 合 欢（外二首）

## 何 骋

我们并不常说起植物。我们都很清楚，那些绿色
的虚伪，绿色本身就意味着谎言。
你说："我讨厌夏天。"是的，这季节茂盛得过分，
而我们的爱，应该是纯粹的。

甚至连清晨的鸟叫也显得多余，我排斥
任何形式的荫蔽。长秸秆、碎泥地，以及冒着青烟的
灶台，当我在异乡的冷空气中裸露手臂，
我幻想的不过是一些最真实的生活。

而命运在你身旁种下了无限种可能。无限种
假象，在黑暗中等待着重生。满怀期待而
无处可逃，你唯有啜饮这甜蜜的希望之泉。
这茂盛的爱：永恒的夏天。

谁能够否认呢，我们这个年代的果实，
就像谜语一样诱人。但我手中的白银还很闪亮，
我什么也不缺，而且年轻。我还没有
开花的打算。

## 烧仙草

美妙的时刻，总在红灯后头。
莫说夜凉，黑色的人影让人寂寞，

就算下点小雨,又何妨呢?
想想六年级,奶油蛋糕上的小伞,
和你钟爱过的母亲的湿发。

雨天的窗玻璃看上去也很甜。
不过为了某种和平,我们最好
都别去尝它。喂,二十岁的男孩
——好像有女同学在轻声喊你。
疾驰的出租车飞鸣着喇叭。

溅在裤脚上的,清凉而细小的泥,
似乎来自更加遥远的夏。
你望着马路出神,就像多年以前
蹲在地上紧紧盯着弹珠那样。
父亲是永恒的另一个圆。

瞬间瓦解。当人群向对面涌去,
你催开了几株徒劳的迟疑。
哎,美妙的时刻是沉没。
寡淡的日子,吾之良师与益友
回头见,我去街角买烧仙草。

## 旋转餐厅

妈妈,今天我想起一位远去的朋友。
二十二年,他沉默地藏在云中。
像一只缓缓游动的巨龟,
在高处,俯视着越来越小的我。
"你说,猪肉脯是什么滋味?"
他有时在月光下吐出一串奇怪的气泡。
仿佛想象力是唯一的味蕾,
而现实,不过是欲望的前涌与迭退。

妈妈，我并没有在和你讲梦话。
看见了吗？红色二极管成群结队从头顶飞过，
人们是怎样激动地欢呼：他们造出了烛光。
流动的新世界多么璀璨，告诉我
城乡接合部的孩子该如何在餐厅里旋转？
闪亮的少女点了一份诗意，
远方依旧是当季最流行的甜品。
当她走近我，短暂的眩晕也降临，
当她拿起银勺时，我感到伤心。
妈妈，带我回家吧。
今天，我不愿再勇闯什么天涯。
带我冲出这漆黑的玻璃幕墙，
穿过那些勤劳的白领、秘密警察和歌唱家。
乘着云梯，往上，再往上，
直到天空重现二〇〇五年的蓝。
尚在换牙的我捧着一碗豆花，
妈妈，你不能再说我放了太多的糖。

**何 骋**，1995年生，江西临川人，曾居成都。辑有诗册《晚市》。现求学于北京。

# 金牛座（外一首）

## 王彻之

黑眼圈已有数月，
就像对某个问题的探索，
一点点加深，但尚未触及核心。
我们思考这件事已经很多天，
像窗外的天空忽晴忽暗，
几乎完全超出感情中
一架可靠仪器的预报。
云的齿轮出奇地相互吻合，
但过一会儿就四面溃散，
似乎表明它们的默契
还没到我们之间默契的程度。
后者只保存了几星期，
每天像桶装水越来越少，
但足以维持健康生活
所需的寡淡无味。在这方面，
它酷似记忆，以及其中
努力让轮廓保持清晰的事物。
同样通过这种方式，未来
也在悄悄变瘦，它已经
不再适合我们为其
量身定做誓言的外套，
甚至不再穿得上如果的鞋，
而是像你在客厅光着脚，
用来自地砖表面的冷事实
接纳雨从远方港口
带来的断断续续的谈吐。

一艘船像一个句子一样出发，
从打字机似的细雨中，
它的思想是风，因为灵魂
和灵魂的压力永远不会相等。

## 淮海路

冬日，再次回到公寓的床头，
我的手脚冰凉，舌头僵直，
像立柜一样竖在原地，
记忆如同旧衣服挂在里面，
等待房东清空，但一直没有来。
思念像靠枕伴我入睡，
让头深陷其中，而离身体很遥远。
仿佛后者处在不同的城市，
罢工者涌向街头，雨靴的拥挤
曾经使我的脚跟疼痛。
如今我再次走在淮海路，
手表提醒我时间远去，
但几块地砖通过其不再
严丝合缝的郊区风格，
接受时间在每个空间中的缺席。
我知道问题的关键所在，
犹如一句格言了解事实上
什么都没有应验的生活；
我感到生命流逝，
像我的词语从墙上剥落，
有时别人又把它们重新写上去。

**王彻之**，1994年出生，诗人，牛津大学文学博士。曾获2016年北京大学王默人小说创作奖，2019年第五届北京诗歌节年度青年诗人奖，2016年第一届飞地新诗学奖，2020第一届快速眼动诗歌奖等。作品见于多家杂志，并被收录于国内外多种选本，部分作品被翻译成英文。著有《诗十九首 19 POEMS》（纽约，2018），《狮子岩》（海南，2019，新诗《丛刊》第23辑）。

# 民　谣（外一首）

## 西　哑

山上四季吹着风
你说想我想得心慌慌

日头早上从东升
日头晚上自西落

我在前面慢慢走
你在后面低着头

我要走过屋后那山岗
娶你到家里头做新娘

生个小孩叫刚刚
一切都好得正刚刚

## 一个务虚主义者的乡村游荡笔记

伙计，醒醒。慵懒的列车重访慵懒
刺格轻轻扎痛你手指褐色的雾
你轻浮的叙述像黄金涂满农村男子的额头
尴尬彻底击败你和你对视时镜子的尴尬
乡村。一个青年诗人闭口的回忆
或者割裂开来的经验，为了体面
呷一口咖啡时，调整朗诵蹩脚的诗句里

那些不合时宜的边音和鼻音产生的口吃

乡村的清晨，湿润着谦虚的雨
酸枣树赭石色般的枝丫上，你看到宁静
从细处低落，光再次返回到异域的城邦
旁洛的郊外聚合着鞑子的后裔们
血液的混合中，突厥人、契丹人、西夏人
和几个匈奴人驱车来到集市。秃头的男子
感到命运的启示，移动的沙丘，移动的语言
新的汉人骨骼变得宽硕，我们一度
热衷于丰满的女人和纤瘦的炊烟
你将预言安顿下来，和一只鸠开疆拓土
你使用过的犁铧完成土地对于海浪的想象

那些擎着镰刀的麦客们，徒步穿过丛林
一份古老的职业，谁在油画中拾取
善的恩赐（我更愿意："感谢神恩，风调雨顺！"）
铜铃鸟啁啾中撞向你眼睛里阳光的玻璃
你忙碌于身体渲染的兴奋，如反复练习的农艺
教会你成为一个结实的男人。你突然的成熟，
必定和一场丰收时麦场里的家庭矛盾有关
在脱麦机的传输带上，你突然理解了父亲的生命

让我们到郊外走走，你会觉得欣慰
陈词滥调如商品刚刚下架。你确定
绿色的雪在夜晚的原野生长
宽阔的山林啊，男子惊叹你叹息的起伏延绵
是啊，不合常理的事物不够拘谨
狼毒花如何在风暴中从沙漠开到
你心仪女子漂亮的发鬓间。你从未关注过
怎样的阳光促成一个年事颇高的老人
在夏季傍晚关于年轻时

一件小事的长久的恍惚

你瞬间惆怅的词语
如一只老鸹飞过高海波的山脉
我们对寂静的定义从永恒的山开始
一个女子的羞涩从一次远游开始
那些暧昧的雪霰，洁白的紧胸衣
我们艰难地婚嫁，生殖，繁衍，劳作
如反复的年轻和衰老，才能倨傲地理会
银灰色的雨在天空赶路，一匹马
怎样脱掉翅膀来到正在营业的超市
你迟缓的神经爱上过几个女人
平原瑰丽的落日铺满街道
直至你再也没有力气活到生活中去
你笑起来突然像普希金一样好看

**西　哑**，青年作者，出版有诗集《维纳斯和她观察到的夜晚》。现居北京。

# 补鞋匠（外一首）

## 袁 伟

他终日蛰居于
文汇东路的某个小角落
用针线，缝补那些
因赶路而破损的步履
前来补鞋的人们
大多怀旧。而补丁
是一枚精心设计的纪念邮戳
由他轻轻地盖在鞋面上
每天修补的皮鞋
不能超过三双。他害怕听到
隐藏在皮革里的马蹄声
以及梦中悄然而至的嘶鸣
他拒绝补鞋匠的称谓
戏说自己只有九两。在
他的字典中，匠一直
被当作一顶礼帽来解释

## 草戒指

在试验田里待得太久
我沾染了许多作物的习性
而木讷，是最褒贬不一的一个
像一株含羞草，我总是怯于
表达自己的情感。每当有人靠近

我就急忙紧锁两间心房
也有避之不及的时候，比如此刻
我被不明兆赫的眼波击中
坐在田埂边，用狗尾草编一枚戒指
别问它有多重，我无法回答
千千结与克拉之间
的换算关系，还有待推敲、证明
但日落前，我必须把信物送出
无论定情与否。炊烟、稻田
抑或迎面而来的陌生人，都有可能
前提是，千万不能嫌它廉价
经过锄头和除草剂的无数次锤炼
它已经具备了金属的所有特性

**袁　伟**，苗族，1995年生于贵州印江，扬州大学农学博士生。作品见《民族文学》《诗刊》《诗潮》《诗歌月刊》《芳草》《雨花》等，参加《星星》大学生诗歌夏令营及全国散文诗笔会等。

# 两盏灯（外一首）

刘 郎

凌晨三点，我亮着两盏灯
一盏挂在墙壁上，一盏挂在天上

一盏是我从市场买回来的
我有时候不需要它了，就把它掐灭

一盏古老而苍凉，它有真正孤独的光

## 有时候想

有时候想，我已经死了
像一阵雨回到乌云
像一朵花回到吹它的那阵风
我已经死了
我回到我能够用语言
表达出妈妈的前一刻
现在，我不知道什么是妈妈
但我还是能够写下一首诗
肯定不是用语言，不是用我现在
正在使用的汉语写下的
一只鸟飞来
它用翅膀扇动出的话
我想把它表达出来
夜晚来临，月亮当头照耀

虽然你可能依然无法辨清眼前的东西
但我想把它表达出来
我想说我不快乐
但我爱这个世界上的任何事物
我想像一只动物爱上另一只动物那样
扑上去，什么也不用说
我想表达，就像现在是冬天
并没有一个人，但在你想象中
依然有一个人像妈妈那样抱着你
给你想要的那种温暖

刘　郎，本名刘明中，1990年生于河南民权，作品散见《诗刊》《诗歌月刊》等，曾入选《十月》诗会，著有诗集《这一天如此美好》。现居深圳。

# 我爱你（外二首）

## 余 真

我爱你并没有什么更多的意义了
我爱你以后，开始热衷做梦，梦到你和我
在原野上唱歌。我们堆柴，在阳光下
依偎着整座山岗。我们数着火苗，数到即将浮现的
黄昏，把我们引入苍老的歧途
我将要享受一切，譬如那些大雨淋湿
我们拥挤的屋子，于是我们可以烤火
在火堆上放着土豆、番薯，和我们湿漉漉的心事
我将要享受一切，你为我做饭，于是
我成为饥饿的崇拜者。你为我创造一个
漂亮的孩子，为此我愿意更丑陋一些

## 诱 因

小时候，我坐在自家门槛上
挨了父亲的骂。说是抵触门神

小时候，喜周六周日，喜雨天
任露珠打湿裤管，伙同三两好友挖麻草根
摘路边的小野果，偷邻家的甘蔗

现在我未满二十，笃信鬼神之说
假期不再令我快乐，小腿蓄满隐痛
坐在乡村的残垣断壁之下

## 安静的果子

那棵树，能摇下多少果实？
多少可以子承父业，多少可以温暖我的肚子？
多年以后，我会腐烂在一堆草里
会有许多人跟我安静地躺着，像一棵树上
很多摇晃着的果实。会有一些年轻的果子
从那棵老树掉下来
从我的身上，找到它从前的亲戚

余　真，女，1998年生，重庆人。作品散见《诗刊》《星星》《诗歌月刊》《长江文艺》《花城》《中国校园文学》等。曾获大江南北新青年诗人奖、"陈子昂诗歌奖"年度青年诗人奖，出版有诗集《小叶榕》。

## 暑月听蝉（外一首）

**张媛媛**

几日前雨水喂养的耳虫，碎片般
蛰伏在光束分割的枝叶间
头脑中某种声音重复，唤我
从浓绿的叶中拾起折射的光斑

空气安静一瞬，你的头发扬起
叶子便落了一地。而无风的时刻
知了也似染了季节的厌食症
同我一样伴作苦夏的零余者

暑气尚未褪尽，上弦月的刀刃
已目露寒光。知了或不曾知晓
这是八月，白昼浮于夜的表面
若以手指月，耳中定会流出银河

### 五塔寺路

夜行衣已经备好。寻塔的人
褪去绛红的云，沿河水流淌的
光斑，又一次遁入城市的腹腔

河岸边，垂钓者听见鱼。你听见
夜晚，气味和深夜传说便引你走入
昨日的奇异马戏团：畸零人与游侠的

窄巷。灯光幽暗处，误闯者已被盯上
他们尖利的目光。你逃脱不及，转身又
落入春天的圈套。溃败的絮状物卷起

方言的种子，人们因而缄默——空气中
痒而红肿的广播，只剩下倒闭的旧厂、
廉价的皮革和羊绒化纤：换季清仓

**张媛媛**，女，蒙古族，1995年生于内蒙古通辽，中央民族大学学生。曾获全球华语大学生短诗大赛奖、首都高校原创诗歌大赛奖等，有诗收录于各选本。

## 冲　剂（外二首）

### 张雨丝

推门进来的时候
杯里的水还温着，你催我快喝
外婆也是这样急巴巴地
要看地方台的天气
这边是多云，而上海小雨
就是不停打湿我们的这场
一点点向白花注入白花
春天药性温和，我的小病好去大半
还有几年呢，就可以陪你
在春风里撑伞，吃枇杷
买暖气片，在一旁烘得边缘内卷
没有人再在傍晚面对太平洋
甩出长长的渔线，我也不再
翘着屁股，打计分的桌球
到了冬天，我们还可以
像两台打谷机健康地发抖
而春风没完没了
拔掉我身上所有倒刺
雨水从四面八方灌进来
扑熄我的喉咙
如同虬江在阴天里悄悄长大

**鲤　鱼**

我们在一个阴天出发
去捕捞皮肤红亮的鲤鱼。
红色气垫船开到河流中央，
下面是平整的水流。
发动机关掉后，可以听见
烧开水似的声响。它们不停翻滚，
少部分，像时日一样溜走，
短跑运动员一样灵活。

你过来碰我的胳膊，别这样，
做完这个，我带你去跳舞。
我只是摇头，过了一会儿
就彻底放弃想要说出的话。
"我想起小时候
在水库睡着的故事，柳树林
层叠的鸟叫，如薄毯盖住我。
那天外公终于允许我爬进他的抽屉。
我跟一只小钳子并排躺着，
身上落满鼠灰的空气。
下午四点钟附近，
水泥阳台上开始落雨，
对面的老房子在白雾里发抖。"

瀑布在县城上方裂开。对着镜子
洗手时，我还在想着那些鲤鱼。
我没有看到一个漂亮的女孩子。

## 旧日钙片

他们小心地滑入人群,如同撕开一条长长的尼龙扣。
房间里实在太热,他来回走动,搅拌一盆沉闷的奶油。
阴天像一只巨大的水母扒在窗上。他们不得不出门去,
随便做点什么。他这样想着,伸出手,
熄灭微波炉明黄色的涡流,而他抄起一把黑伞。
马路尽头是叠放整齐的小汽车,
吊车的手指在远处剥出洁白的糖块。
他们步子平实,玩填色游戏,法棍在纸袋里前后摇动,
未来便仔细地,成了一种比雪山更明亮的物件。
有那么几次,他盯着他,
仿佛捉住一只搅拌棒冰凉的圆头。
而空悬的伞坚挺着,认真读完了一整本杂志。
他们走到水边,眼睛垂下一些钓线,
把云捞进无数鸟爪的小笼子。
一条鱿鱼三个浪,三条鱿鱼九个浪,
两条鱿鱼,只好匆匆向前游去。

**张雨丝**,女,1994年生于湖南长沙,复旦大学历史学硕士,复旦诗社第四十任社长。曾获光华诗歌奖、未名诗歌奖。诗作和小说散见《诗刊》《上海文学》《星星》《天南》《东方早报》等刊物。

# 秋风辞（外一首）

## 钟　钟

田园已经历过丰收
麻黄色土狗在追逐一只蚂蚱
我们没有鸡鸭，没有牛和羊群
在黄昏时坐在固定的高处
看田野里走向岔路的农夫和小孩
你向他们喊叫，岔路口不停分岔
走过曲折小路后
我们坐着的高处失去眺望的意义
你走向田野，秋风卷起落叶
古老修辞在季节中跳出凄美舞蹈
令人想起故乡，引出朦胧诗意
实在不值得提起啊！要做实在婊子
落日后在城市某处流出一摊欢快水
才足以向故乡决裂
我们没有鸡鸭，没有牛和羊群
在黄昏时坐在固定的高处
抽完这支烟就没有出身和姓氏

## 傍晚的散步

我们在云朵下面散步
霞光落在乡间小道的前面
村庄宁静，群山在此刻潜伏
山上的人家也在潜伏

几声蝉鸣在远处的密林里婉转
多么轻、多么温暖的初夏再次光临故乡
让这十余年分别后的重逢多么温馨

天空渐渐被夜色拥入怀中
更多的声音从群山发出
蛙声、虫鸣和几声稀疏的犬吠
让这茫茫群山凸显空旷和无穷的落寞
而霞光像是它们进入暮年生出的慈祥面容
它们不再是贫穷、饥寒、粗鄙
它们是我这些年走失的亲人

**钟　钟**，原名梁忠国，生于1995年，四川万源人。

# 爱情事件（外二首）

## 钟芝红

已记不清吵了多久。今天
你送来太平洋的风，对我说
"基隆港的肉圆超好吃"，又说
"别误会，我一个人来散心"。
是雾霾天，窗外暗得心慌。
连日感冒，我并未出门，在家
拉片，做料理，等着你偶尔的
消息。我想告诉你，上周五穿过北三环
去上课，途经的那棵树，叶子忽然红了。
是北京深秋的颜色，是我们曾经在
老校区的颜色。这么多年了，
你我遭遇了亲密，也遭遇了亲密的
必需品，不善言辞的争执，几乎
将你我彻底变成你与我。
十月的九个夜晚，山里多行人。
你与大陆客相聊甚欢，凌晨归来
轻轻探问"还痛吗"。这久违的
干涩的亲密，毫无防备地击垮了
我。爱，首先是一个事件，
其后是激情、逻辑与新的
问题。提问，并且缺少地
提问，禁欲的展览充满我们。

## 克服的门

显现不是必要的。匮乏落日中
有朴素的入门。你常常是新奇、疲惫
众多交通的世间,艰难向上的风暴
也有它寂静的认识。在你身上,你专注于
语法的脸上,有什么比"克服"更能证明
你的到来呢？我的火柴没有完全熄灭,但我
承认,它一度将被取走了,在我流连于
诸多溃散的身份时。如此小,而美,收起了
尚未辨认的空间。你在其中。过早地
打开了你为数不多的门。两年前,一个
伯格曼的夜晚,只要进入了那片丛林,
许多询问就变得懈怠。你脸上有禁忌的困惑。
你是谁,生在怎样的时代,期待哪一只
时髦的烟斗？意志引领我的母语
上升,我存在,你接近我的存在。

## 滇西公路

隔着国籍与缅甸语的滇西边境
云是辽阔。没有名字的云
几乎携带了所有秘密。可见的
单向度的注视,向观赏者展开
有限的一片歧途。风景美丽且明确
接受路人无辜的浪费,而群山中竟有
悲悯。你感到诧异：疏朗又紧致
的线条,随时会凝聚成另一种叙述。
如此完整,以至于经过的火焰
并不只有隐喻。在我这里,在我这热衷于
懈怠的身体里,方向获得了过度的

赞誉，它太确定，太轻易，被创造的同时
又创造了新事物。群山也有它的方向，
却不严格，散漫地落在你受保护的
语言里。你的位置之美，你开口就拥堵的
二月。还有什么可以失去？尚在"没有"中
你并不比祖国大陆多一些低度。"没有之美"，此刻你
惊觉：太过彻底的水，看不见彼此的海。

**钟芝红**，1991年3月生，现为北京电影学院博士候选人。作品见于《诗刊》《上海文学》等刊物。

# 羊山怀古（外一首）

## 王二冬

顺手牵来一个太阳，也顺手
牵来一头羊。此刻，被炙烤的鲁西南
羊山是温度的最高点
再走一步，体内的十万头羊
就会苏醒。那些炮火从未熄灭
邻村姑娘寻找一生的爱情从未止步

在羊山，唯有时光郁郁葱葱
生命的洪流即将决堤，奔涌到脸颊的
汗水，作为羊山嘲笑世人的方式

期待的大雨终未降临。那些把自己
活成丰碑的人，绝不会像我一样
避雨时也顺便避开了人生

## 自然的逻辑

佑民寺端坐于烟火，叫嚷的小贩
是我在人间走失的亲人
讨价还价者为昨夜的好梦而窃喜
我还在途中，告别多余的自己
选择最长的一条路走进你的心里

我们一生都在途中

每一个腐烂的水果都曾怀抱一个春天
我只在遇见你时盛开。凋零
是大自然赠予黑夜最好的曲子
我们从未见过一朵花绽放前的泪水
是秋风，秋风把等待吹出形状

握不住的，孩子。所有溜走的
想记又记不起的，才是岁月
我还要再走一步，继续保持沉默
在一片叶子打招呼前，先露出微笑

**王二冬**，本名王冬，1990年生于山东无棣，快递行业从业者。山东省作家协会诗歌创作委员会委员。旅居北京。

# 三十岁（外二首）

## 陌 峪

我羡慕三十岁还没有结婚的女人
她们拥有自己或者
拥有爱情
那些心底长出的柔软
茂密的。粉色的午后
如果雨水充足
夜幕来迟
她们将拥有自己的
第一百个花期

## 假 设

我没有想要隐瞒
爱情剧里总是有很多女人受伤
越来越多适龄未婚的女性
她们是一种现象
她们是社会进步
他们的存在是男人手里的镜子
而大部分女人夜晚羡慕她们
白天热爱自己

## 轮　回

在星星陨落之前
接受我
在火焰中
在明媚与阴暗的城市边缘
在一切未知离开后
接受我
接受这浑浊的人类
接受器官坏掉后肮脏的身体
接受欲火焚身
接受重来
接受你与这世界所有的联系
接受堕落与轮回
接受沉默
接受死亡
与假设的人间
接受逃离

**陌　峪**，原名刘诗笛，女，1991年生于湖北襄阳，湖北省作家协会会员。作品散见《诗歌月刊》《中国诗歌》《延河》等，出版有诗集《彼岸花开》。

## 火 石（节选）

### 拓 野

I

被丢失在丛林，那飘曳——
湿漉的火

举着几个雨季屋椽，和几片清冷的湖睛
从心之网格深处弹将出来

裹着滑腻黏稠的丝络
提着根最早蓦上的灰枝

火舌，舔着气乳鞘膜般酥滑的流罩
火的牙齿敲嗑，静谧狮子听鼓

被丢失于街角，那截女士香烟的唇烬
还记得百万年前雷殛雌树的华衮

II

啸聚于林端和山野，我们的铲齿
都髹漆着草浆。猿的吼声，自山
的深腹荡鼓，拨开了云天，扬起了
帆膜，似口唇在活活滚淌。我们
在藤条秋千尾部，把自己抛起，射出

攀上下一代野人，和他们曲弯的绒

根。林中的空地是阳光，窗见蚁穴
蛇巢细溪青石的密窥角。林上的密
枝攒摊成另一片草原，日月的蹄
子碾过，簸扬起一哗哗鸟雀灰色的啁啾
我们的目光，如那飞去的鸟鸣一
样弯远。我们的乳房，也似后世一
般白裸。而我们胴体上，如森林般
莽燥的皮毛，贴滑过几颗汗水，如
被悬天所滞壅，而流不下人间的星星

## III

腹走过夤夜脐带之花，施施然
她盘在石崖佛光洁的颅顶
花信子嘶嘶，掷出脆弱的雷细
上身绷挺一串脊块遽然拨响的笙簧

酥麻轻噬如瓣纹绽满鳞壁
逡巡的游绳，舔过水肺、树兜和云趾
挪风谑浪，也学那龙公驾雾玲塀

她的寂寞是一环交媾的响尾
子宫的甸土上施行第一次哄骗
从此不再接近那柄转动的火
她是阴影拄着在地上行走的拐杖

## IV

差互的犬牙差互了岸边锯齿
锯齿划着水，面的月黡
鱼吻击破了面团，留下了尾纹
蓟草的紫球，垫着你的脚掌

为夜晚放哨，眼睛亮着绿灯

森林跟着昏厥,在你步履抬起后旋转
千万枝干后是野性在低音
梅花的踪迹,驯服于背躬直立

似狼的犬,尾随似猿的野人
似猿的野人牵着,水草般的树枝
狼与猿的身影围绕一垛火在舞
人与犬的图像升起,火上星空的布景

**拓　野**,又名拓扑小黑,1999年生,往来于合肥与西安。

# A 作 品

在犁过的地里行走着
每个人被隐藏的部分

# 短 歌（外三首）

## 伯竑桥

往眼睛里倒酒，山就有了影子
庸常年月的脂粉气，溢满花间的词
我们离开，而海依然在，你觉得悲哀
一个人的一生是不断换韵的过程，就像这首诗

## 水墨与光轮

光来自宇宙，终结于恋人
情欲来自飞尘中爆裂的花
人死亡，是对草木的模仿
昨天来自今天

人潮溃散，成为一圈回声
灰色云层的下腹部，群鸟飘浮
坐在钟的圆心，记忆
不断推迟终点

水墨与光轮，发动机身体缺油
漫长的中间地带，硬质睡眠
镜中总有人代表某种回旋
消失在一九九七年的湖面

## 绝　句

树叶落下有它的道理
雁山参云水西去，有理
河岸世界住着采薇人
温柔如梅朵的花期
彼岸是一篇流水账，明晃晃地送走
不属于你的河流
云在捕风水在等
你是迟到的人，要卜算浩繁的一生

## 我们在高高的坟边对坐饮酒
### ——写给二十岁

我们在高高的坟边对坐
饮酒，谈论下一个朔望周期，星星
会以怎样的姿态醒来
花朵如天气，郁结在枝头
你晓得星星有时清洁胜过初雪
但一切无关修辞。睡眠垂落，像一双手
随手撕下的日历成为新的大地
人的体内有幽暗的一杯水，让活着变轻、
变凉，而所有滚烫的少年都
隐隐像你：风的影子，弱的天才
在夜里在人群，嘶喊：群星苏醒！
去求证，去温习，人类微弱的趋光性

**伯竑桥**，1997年生于重庆万州，曾获全球华语大学生短诗大赛奖。作品见于《诗刊》《中国诗歌》《青年作家》等，出版有诗文作品集《库洛希亚玫瑰》。

## MIU的地颤（外六首）

闫 今

以弹簧片变形蓄能，实际以人群倾泻欲望的手势
变形蓄能的地颤上肉浪叠迹。软骨——曲线波动的最小
组成，它们构成丘壑也时而单独跃出，随风力拉扯
制造回声。设为私密：环顾后复刻，低保真图像中
采样片段断裂，裂纹扭曲/无限细/无限粗/组合/循环
可能病变，回声欠均匀，撞击着隐藏的苦刑梨

### 浮世绘D：怠速

他发力后停下，像卡车发动机怠速保持时它的鼻息
减弱，推力拐点给我透明度瞬间拉低的幻觉：金属——
钳爪与扳手在他体内错落悬坠，反复相撞。急救
推车的轨道铺设在隧洞中而我半昏迷的躯体在其上
滑行。或是点滴瓶叮叮当当，医生的中景/近景/特写
穿牛仔外套的医生，按压我因灼热而乳化的腐泥之躯

### 浮世绘E：红白蓝雨搭

下面是受潮的柴垛，一说祭坛。"有时祭坛不过是
孩童手上浑浊的玻璃球，雨天尤其像。"于是孩童的
形象出现了：他多变情绪中的倒钩在雨雾里摆动，
尖塔、舌苔/祭坛神圣之入口，双开门，谁与之对接
谁就向自身中心塌缩。只以重力遮盖的红白蓝雨搭
为何能传递隔空的抵压，在柴垛中几根短的上方？

## 在地铁车站

入口/出口,智能道闸机是无眼之筛?为何人们的期望抛进去
什么也没有弹出?为何再生之轮狂躁地进食,它的鼠笼形叶片
却如同停滞?人们机械地把自身投喂其中,逐渐失去四肢/躯干
头颅?是早就没有了的。总有类似的偶像现身:有人在散热口
醒来,头顶神光!他不属于天也不属于天外之天,然后……
然后……"入口/出口,智能道闸机是无眼之筛?为何人们……"

## 浮世绘F:大灰象甲

黑暗中你摸它鞘翅上的纵沟,凸起的触角索节,像荒田中沟渠
连着沟渠。你裤脚的湿泥巴与它前足中结满的鱼冻触感别无二致,
但后者独有的岩洞地貌:石灰岩,笋形的碳酸钙沉淀物,它们
分身的幻影重击你而不仅是纠缠。大灰象甲发狠收紧腿节,你就
被短暂地囚禁在它的暴力中,无限拉伸的短暂,无解的囚禁。
黑暗中它喙部密披的金色鳞片,随着沉默的上升旋律变换光泽。

## 浮世绘G:美凤蝶——雄蝶

向上垂直的凝视没有确切意义。你身上缀满图像性的语言——有些
溢出,成为流淌的隐喻。背光——像湖水被磨损,你翅膀上各色的
鳞片和描绘它的词语皆失去光滑的细节。远离是迷惑性的修复,
我不会,远离一只动物/昆虫/纸片鸟类,说它是天使也好。
总带着新和中世纪出现,在我头顶展翅,用冷灰色表现神光,
荧光蓝铺底。有时凶猛,又以尾突之暖补救齿状外缘的缺憾。

## 在青龙桥附近

拖拽镜面不锈钢的材质球给它，小户人家烟囱粗的钢管和
老化后被替下的建筑骨骼，这飞地如闹市之疤：废土——断尾的
工程。它们有没有可能是一道甜点？错了，拖拽斑驳旧铁的
材质球给它，薄荷叶其实是爆出河堤的灌木（既不是草地
也不是树林）做点缀用，或烧荒。渲染前要克制，沥青状
斑斓而难以搅动的个性只需刷上薄薄一层，高亮极易致死。

闫　今，女，90后，安徽宿州人。作品散见《诗刊》《诗歌月刊》《人民文学》《清明》《星星》等。现居合肥。

# 看云起（外二首）

## 曾子芙

在山中发呆的结果是，岭上的白云
忽然融为细雨

生活的背后是深渊，所以不能后退
时区与温差，不只相差时间和空间

夏天的时候山是绿色的，满山暴雨打落花
冬天衰败的枯草腐烂后裸露出大片的土地
终年覆盖在山顶的是白雪
悬铃木和杜鹃一道殉情在谷地
山，和山外的山
向着四面八方生长
那是我的根须

云起后落雨
一瞬间的凝视，透过云和雨
能看见
雪的骄傲
和山的收敛
以及
在犁过的地里行走着的一匹安静的马

## 月亮什么都不知道

月亮和猫在屋顶上散步
一只萤火虫浮浮沉沉翻墙而过
飘过一片窄窄的云

老树皮从梧桐树上剥落
吧嗒一声,砸疼了大地

庭院里幽深的老井
夜夜打捞着月色

爬上红墙的青苔
带有某种葱茏而真诚的品质

双手合十之际
手心里的一片阴影
或许也是一片
夜晚的轮廓

这一切月亮不知道
猫也不知道
你什么都知道

## 早春归途

山城的边缘
没有海平面与天际线
只有挤压而升起的绵延山脉
搅翻着,来得如此粗暴的春天

站台上是等着乘车回家的人
心头装一片蝉翼
身上到处是难掩的伤疤
皮肤上覆盖着的细小绒毛
与骤降的温度、爱与陌生融为一体
视线里所有景色，镀上断层的微光
转瞬即逝为衰败的天光
此时天空柔和得能挤出水
水中有孤舟
孤舟载满人间烟火

暮色苍茫，色色俱全
这是一年中人类最柔软的时候

**曾子芙**，女，1994年生于云南昭通，文学硕士。作品散见《诗刊》《文艺报》《星星》《边疆文学》等。

## 河边的雪（外一首）

### 蓝格子

它们还在坚持，在树荫下忍耐
但是春天已经来了
天气越来越暖
河水湍急
一点一点刮走河面上的雪
越来越薄
终于没有力气再抓住河岸
猛然栽进河里
来不及挣扎，也不喊疼
迅速与河水融为一体
越来越脆弱——
我看见边缘上的一小块

被泥沙裹挟着，向前流去
想起这些年，生活里的很多人
也是这样消失不见的
我在岸边慢慢蹲下，影子
一半落在雪上
另一半被流水冲洗
河水，可真凉啊

## 浪花之诗

此刻,我站在大海对面
可我不想向你描述它的辽阔
也不想形容海水的蔚蓝
我要告诉你
浪花向我扑来的时候
是多么汹涌,多么奋不顾身
它以迅雷之势结束了自己的一生
果敢,从容。这些词与死亡连在一起
多么美!它的美
足以和每一个黄昏相比
一瞬间,整座海都跟着它颤抖不已
甚至成为它消失的背景
可我,一个多次想自我了结的人
还没来得及流泪
还没来得及像它那样心碎
还没鼓起勇气死一次
就看到它身后,成千上万朵浪花
相互拥抱着
又一次在我面前
粉身碎骨

**蓝格子**,女,1991年出生,哈尔滨人。作品偶见《星星》《诗刊》《扬子江》《作品》《中国诗歌》等。

# 大雪考古（外二首）

## 沈　耳

面对冬日，我们说："夏天到哪里去了？夜晚到哪里去了？"面对
死尸，我们也这么说。坐在商店街内，便被张开黄昏色口腔
的路人错过；尤其当找到一湾水，残留的路牙石反复吞噬
城中村时，我们的面对便开始显得有力，显得清醒而塑形
年轻的银行女职员，望见归家的溃败，缓慢而庞大，在山间
向南飞行；隐微的电脑游戏音里夹带虚拟奥德修斯的愤怒
一种即时的地图，在她周围施展。如此真实的光斑，如此
骄傲的红色横幅，决然割裂了财会与空气，以及隐晦的可能性
面对选择肢，我们还记得上一个选择吗？面对冬日，我们可还
记得夏天，焦灼的寂静，在适合的时候冲向无垢的水域？
那长久淤积在换季衣裳、洁面乳、暖手宝中的集体之影
斑驳的镜像已倾斜流逝，让考古学家在风中尴尬地沉默
再来测试一下遣词之力与望远的视力，或是让死尸说话
让爱意复兴的手法吧，积雪的房顶，医生等待着队伍的延长

## 漠然的时刻

夜幕搬来童年的电子琴
隔绝之意从灰尘中现身。在我找到声音的
那天，各种晚风将如释重负
不得不弹响它，我能知晓

但世界浸入了缓慢的理解
经验像蚂蚁巢，维护个体的攒动

照亮门牌的，马勒的，光荣的音乐
如书页一般沉默和远视，纷至沓来

而后离去。道理已经存在许久
花也已几千年不语。紧急地
下访乱序和失灵，像皮肤手术
对着浅薄操刀。音符高高地消失

在漠然的时刻；我的指尖指向它们自己
带来颤抖的声音。它难以分享以及二度下咽

## 枕　头

枕头，岛间的浮桥
横亘于黑暗；淡色的布边缘卷起
抚摸怀乡之心，骑士的精神
而一些人在窗外静止不动

风扭曲地感应，从四月嘲弄的
露水里我能闻到旋涡
和潮汐日日地壮观；在阁楼
白色鸟群恐惧地扑开玻璃窗

并不重要的是它们曾止栖何处
骇然从短促的鸣笛音里咆哮而去
而丰富的黎明细节填满房间
像上帝在开车，脚从离合器上抬起

你的聆听让我想起第二天，即未来某个时刻
一切尚未消散，只是化为秘密的火柴

**沈　耳**，原名沈卓成，1999年生，浙江德清人，现求学于云南。有作品发表在《江南诗》《滇池》等刊物上。

# 曙光诉状（外一首）

## 蒋静米

夜雾有荒谬之处：先进生产力的可爱
作用在肉体：我们引以为傲慢的错觉
"去掏空人们的口袋"，在美国当个寓公
测字、玄言诗和房地产构成仅剩的虚无感

爱情在转译中飞起。汗液挥发离群的夜
勾引天生的客体性，而公车早已甩开他奔向小康
像帝国的魂魄巡视故土，目击体力劳动者
勇猛地冲上棕榈床和洪水中数根电线杆
低速的怒吼匍匐在地面，死者代替我们
——吐露骚扰短信中假幽默的情话
思维的排泄。这颗软弱的心
暗中变得硬而难测
该死的仍未死，该死的海潮中忍耐的红
该死的美和智慧的耳垂。切齿的私语
这副摇摇欲坠，孤寂的牙齿

"当初我不该指认你。"他对着笼中
发绺潮湿表演神迹的天使，缓慢加载的生物学
悔恨由于灯芯草刺在面部微微放松
针剂似的施压，注射一段完整的悬崖
一种跪倒的傲慢。灯光蹒跚中它从高处注目

## 天　真

鲫鱼不遵循我们。剑鱼亦不遵循我们
行走地上有多种无奈
比如趾间无从长出绿苔，而
细若游丝的脖颈无法悬住
任意一种利刃

叙述在追寻我们时是隐秘的
"有些人死在战场。马血包裹他们
富于经验和远见的权臣
已着手从事遗忘。"
而在中央之城，我们正乘六号线
去听一个关于古代漆器的讲座
你说我的毛衣上都是烟味
玫瑰透过头发令人想起露天阳台
想象力怠惰如同虚假的稳定

苦与咸正静立在室内
无处允许空缺
而你正将伤口——填满
甜蜜且永不愈合

**蒋静米**，女，1994年生于浙江嵊州。作品散见《诗刊》《中国作家》《星星》《南方文学》《青年作家》等，曾获徐志摩诗歌奖、光华诗歌奖等，出版有诗集《互文之雪》《苦海游泳馆》。现居杭州。

## 秋　天（外一首）

**朱光明**

这些秋天里的树叶像往事一般
在时光的浸染下通透起来
露出了清晰的纹理
澄澈、洁净，在枝头绚烂迷人

层林尽染，不过是改头换面
落叶纷飞，不过是抛诸过往
美如油画的秋天
是草木为一场仪式穿上的盛装

在秋天的画卷中，时光静谧万物祥和
历经失恋、辞职、北漂之后的我
也装作一副轻松的样子
却始终无法掩盖内心的悲凉
如同那悬铃木抖落了枝头的树叶
悄悄在身体里画上一圈年轮

### 龙泉驿的菊红脆

她们不仅有着我想象不到的红润
丰满，健康，以及自信的笑容
她们还有着我想象不到的卑微，廉价
城市人渴了，饿了，甚至是闲了的时候
都喜欢脱去她们的外衣，优雅地享用

把她们的苦和痛,压榨成他们生活的甜点

最终只剩下既吃不下,也不愿享用的桃核
被随意抛弃,也就是她们生命中最坚韧的部分
在这座城市里,也注定扎不下生存的根

她们是菊红脆,最好的水蜜桃
来自贫穷而美丽的乡村,因为贫穷
她们的家园容纳不下姐妹众多的她们

在龙泉驿这座汽车工业城,每当我看到
一车车桃子从远处的乡村运来,又被一筐筐买走
我这个漂泊的异乡人就会全身不寒而栗

**朱光明**,1994年生,四川万源人。曾参加《星星》大学生诗歌夏令营,曾获樱花诗赛奖、野草文学奖等。作品散见《诗刊》《草原》《诗歌月刊》等,出版诗集《小河秋意图》。

## 他们服用一种幸福药丸（外一首）

**颜久念**

既然他们恬嬉自己是
山寨流水线上正常传送的玩偶
一经出厂，不容置疑

既然他们愿意做
合唱团里蜜嘴的鹦鹉哥
在无尽虚空的喉腔中干掉自我

既然他们耽溺进
第一口幸福的滋味来自集体沉睡
从被禁锢中尝出芬芳

那么喝吧，失语的悲伤！

## 假　发

迈锡尼人，为他们
死去的国王戴上黄金面具
在庄严的古埃及，孟菲斯市民
装点着金字塔和狮身人面像
我戴上假发，用一个戏法来重建
被生活所褪色的光阴，吹走它的灰尘
我很清楚，有一双明亮的眼睛
正越过我幽暗的双肩，捕获着蜃景

他的想象探入我乌托邦的身体
似要破解这一套被加密的语言

那里，是否无限延长着一种
永不消逝的青春？

**颜久念**，女，90后，安徽安庆人，喜写诗、画画。现居深圳。

# 原　野（外二首）

## 王江平

阴云越积越厚
失效的事物，越积越多

几处房屋在辽阔的冬日里
显示出它的小

一位陌生男子的走动
使它们彼此相顾

### 烧烤摊

你到来时，天气已发生微妙的变化
但不妨碍，我们穿过小巷，转身投入

热浪卷起的巨大菌尘中。
想来——我们已多年不见，必不可少的食物

会层层地筑起在你我之间。我们把想说的
冷暖好坏，都默认在里面，并嘎嘣嘎嘣吃出响声。

吃，只是我们推心置腹的一部分。我还留意到，
你悄悄从眼角，释放的几朵白云——可能我也有

我们曾经交换或者递来递去，直到天上的云层

足够厚，足以发动一场大雨，笼罩在我们的四周。

雨里，有人在他闷闷的中年打出鼾声。
"多么恐怖！"这不，我们的整个下午

像纸屑一样，被乱风卷走。只有散尽的街道中
杯盘已碎，亚热带植物，迅速长满你坐过的空椅子

这是我此后大致记得的模样，还有知了，失控地
叫响着洗净的天空：知吾……知吾……知吾……

## 桥头一号民宿

晨雨初歇，庭树有了新的模样。椽梁的手指
指向寂静。那儿，云团已经产生
云团里面会挂满干鱼和无穷的可能性

这时，店主户外归来，在门口
卸下一个粗布麻袋。此后穿过
晾晒织网的庭院，进入厨房

在茶室，有那么片刻，大伙儿陷入沉默。
内心空无又慌乱，仿佛镜子里，一场
壮硕的海雾，劫走了对岸和那里的半屏山

**王江平**，1991年生于湖南衡阳，现就职于丽水学院。作品见于《诗刊》《星星》《扬子江》《诗歌月刊》及多种选本，入选浙江省"新荷"计划人才库，获樱花诗赛奖等。

## 解救宝拉（长诗选四）

**杨曾宇**

一

黄昏正式坠落，我收起钓线
光锥密布，擦干抛出的流年
是否，身体是伤口蹦落的鱼篓
鱼声喧哗中，我也听到自己的喟叹

我在虚境中杜撰女巫和城池，或者
她正梦见我，探入神灵的造梦腹地
我们链接，灵魂从此处被删除

又继续省略，光阴由胎儿之体逐渐
大雪纷飞，推开第二十三扇冰冻之镜
默片无限翻动，慕士塔格峰枕向我正如
让叙事解开马缰，她独自纵意雪马
在飞船上涉水，必然和偶然刹那间重生
雪崩搅碎一望无际的谜题

二

她分裂自己，把棕绿色眼神掩藏
升落在陀螺中，"我忘记我是谁的替身
我便是万物。"旷野之风吹彻宇宙
只有银河回应失落，航向旋涡

她在破洞牛仔裤上找到一个兔子洞

烤巴哈利不断掉进去,她伸出六指
抓住薛定谔的猫,携带荒诞猫饵

垂钓,浸在艾丁湖弹奏冬不拉
存在使我痛苦不堪,还有失踪的沙枣花

暮色和我在无数时间断点酒醉
美人鱼骇客,尾巴抽象成螺旋桨
假海龟踩着阿瓦尔古丽做抓饭的拇指跳舞
回家,"只要做梦,世界从未崩坏"

# 三

我始终寻找,又始终丢失
"因为你破碎,怯懦的说谎零部件
而我不断爱你。"时间便会绝望
再次幻听你如同失去自己

温柔地再一次摔碎,追问条纹衫之日
你在地铁中被浮云回环,我的钝角
剥落,拆解你如同模仿自己

塔克拉玛干溶解,汪洋程序被重新启动
 "我忘记思念是一种危险的板块运动"

流沙中隐喻乘着千浪之吻出现
你侧头,鼻骨里巨鲸坠崖,磷虾浪游
 "送你养满苍蓝水母的巴士,如今在风中无人驾驶"
数亿年,我誓言的一瞥秒回,窒息

## 四

她依旧沉溺不被完全掌握的传说
固执是虚妄的变量,引力却仍在持续
"爱仅仅始于对b和d的误解"
少年拥有十八般分身,包括菱形冰块,某个动词……

从回收站抢救自杀的记忆,肌肤质感
穿越于无数传送门中,只是追随
那个无垠的时刻,一场精心策划的车祸

夏季风不忍别,她预感理性失陷,不惜围杀一切
包括十个自己,吻过的抹香鲸

它说自己曾在镜子迷宫羽扇纶巾
它说自己是长胡茬的废墟
它说自己被嵌入投掷的重叠循环
(放手吧,天使拆卸了天真,用眼泪笑)

**杨曾宇**,1995年生,笔名曾曾,生长于新疆。荣获徐志摩微诗歌大赛大学生特别奖、中国校园"双十佳"诗歌奖等。

# 每个人被隐藏的部分（外二首）

## 张勇敢

人群苦练伪装术，在失眠中拉开巨大的黑色幕布
尚未得到的孤独陆续登场，舞台危机四伏——

零点刚过，便开始有几张陌生面孔出现
那些在生活间隙处，被我忽略的人们
在夜里循着某种路径，重新叩响我身体的大门
辗转反侧之际，用尽在陌生人身上虚设未来的想象力

前半夜我们曾蒙起双眼，品尝危险事物带来的美感
短暂的肉体欢愉，在春天面前显得渺小
同样微不足道的某些渺小事物，诚如此刻的我们
小心翼翼，长出许多被隐藏的部分

西禅寺早起的公鸡按时拉响城市警报，福州的夜色
企图从我体内全身而退，我慌忙收起昨夜暴露的骨头
那刚刚支起的身子又一次垮了下来

## 乡村草木观察员日记

那些你未曾对他人说起的热烈情绪
独享你的偏爱，过了立夏
也随草木的生长，趋向某种盛大
出门看夏，选择哪一个下午并不重要
清风正当年，随便邀上哪一阵风都是好风
从家里往后山走，你会依次遇见
枯木蘑菇、南瓜苗、益母草（它们还来不及

招蜂引蝶），你会看见前几年砍倒的
李子树又抽出新芽，一只未孕的母鸭
在这里当起保姆
你将在一片竹林中成年
你将在另一片竹林中回忆童年
但返程途中，你必须把它们一一脱下

傍晚，阵雨先于暮色袭来，雨后的田野
满片蛙声拉远了城市与乡村的距离
便满怀期待，备好心情，与一株水草在梦中相遇
晚安吧，在夏天悲伤的人，他们在悲伤什么？

## 倒春寒

海湾并不仁慈
浓雾暂时接管了这一片海域，轮船纷纷失去秩序
巨大的岛形病床上，城市萎靡不振
20路公交也患上急性咽喉炎，在雨中挣扎

大佛对此束手无策，不如微闭双眼
雨中听雨，听众香客念
听谁人祈福健康长寿，谁人保佑升官发财
菩萨脚下的愿望收集箱，有着后工业时代气质

唯独她撑着伞，站在人群边缘
回想昨夜男人指尖的寒潮第一次深入她身体腹地
无数负罪感驱赶着她唇边的词语

"难道这塑金菩萨也有过凡人的肉身？"

许多浪潮在这一瞬间回到她的体内
她成了一个与春天有关的人

**张勇敢**，本名张浩，1994年生，闽西客家人，辑有诗集《森木》。

# 爱 情（外三首）

**李柳杨**

每个清晨醒来
我都是急切又软弱无力的
因为你呼吸过的空气
也有可能存在极小的一部分
又静静地
回到了我的体内
但更可能的是
我们远离彗星回归地球的周期
再也不会相遇
那是为了什么
在上帝赐予人们爱情的同时
也赐予了他们真正的苦难

## 一匹马

我爱过
让一些雾进入过身体
在大汗淋漓的夏日
孕育出一匹马
这匹马自然是这世上
最好的马
可每一匹马都不属于它的母亲
就像星星照亮夜空但不属于地球

**如果到了清晨**

如果到了清晨
我还未能入睡
我会翻过身去打开躯体
用一侧的身体开花
另一侧来告别
让它们像风筝
高高飞起
于无尽的天空
我也许会看见一切
在我所允诺的人间
我会痛苦地像一个真正的女人

**我最爱你的时候**

我最爱你的时候
是黄昏
飘过一阵沙沙的雨
雨水斜打在玻璃窗上
起了层薄雾

我最爱你的时候
是台风天
狂风怒吼枝叶凋零
大地还原了孤独
我躲在被窝里
不敢说话

我最爱你的时候
是人群之中一霎的安静

像写诗之前激动的告白
在落成字以后变成了
寂寞的河

我最爱你的时候
其实是黑夜
每当月亮一升起
我就变成了你的遗物

**李柳杨**,女,1994年出生于安徽,诗人、小说家、模特。作品散见多种杂志及选本,有作品被翻译成德语、英语,主持专栏《宝宝读诗》,著有小说集《对着天空散漫射击》。

# 旷　野（外一首）

**曾入龙**

大地上结满熟透的石头
一枚红薯跃出土层
用汁，用馕，喂饱数十亩空旷和清寂
偶有绕树三匝的鸟鸣突然豆子一样撒下
另外一些声音
则沿着镰刀，挥向歉收的远方。在田埂上
坐着，听风。风筛落
雨、云和自己
一个弯腰的人腰更弯了。他死死握紧拳头
仿佛一旦松开，生活就像太阳一般
落下去，但不会像
太阳一般，再次从旷野外爬回来

## 黑蝴蝶

就那样低低地飞……轻轻地飞。
翅膀上凝结着芬芳，
你若不同意，我不会告诉任何人。

就那样相互依偎着，你在我的肩膀上。
立着。
你隐藏着花园的秘密，你对整个春天
都守口如瓶。

你对着我缄默。
我不怪你。

**曾入龙**，1994年生，布依族，贵州关岭人，贵州省作家协会会员。作品散见《诗刊》《民族文学》《青年文学》《山花》《星星》等。曾获贵州尹珍诗歌奖。

# 白桦林（外一首）

**苏仁聪**

有的已经死了，老瘦的身体仍然参加秋风的仪式
多数还经历秋天，或年轻、或垂暮
它们的一生或许比我们更为悲壮

白桦林，我坐车穿过时已感受到那种肃杀
和庞古的意境
在戈壁去草原的途中，它们北上阿尔泰
南下昆仑。它们让一个沿海来的女孩
流出眼泪，让她不得不告诉她那心爱的男朋友
此生飘荡无憾

是的，那是一种描述不出来的感觉
它笼罩、浸润、渗透我们

白桦林，我倏忽去了城市，活着
或讨论如何活着

## 小女孩

小女孩在山坡上啃半块土豆，但笑
这是秋天下午日落时分，她刚接完母亲的电话

为过年能得到一件新衣服而成了山中最幸福的人
她八岁的哥哥拉着她回到烟雾缭绕的家

祖父从地里回来,带着他的小黄
祖母的晚餐上桌
她明年要上学,她已准备好小书包

这晚她的梦应该甜蜜了,她穿上新衣服
在山岗跑啊跳呀,她梦见自己飞

**苏仁聪**,1993年生,云南昭通人。作品见《诗刊》《星星》《诗林》《岁月》《西部》《飞天》等。

## 献 身（外一首）

### 王 冬

我躺在一朵花的上面
吸尽那痛苦的小露珠
它颤抖着跌入我缓缓开启的门

它进来，在我的身体里停留了一会儿
疼爱由此开始，我感觉自己变成了一条蓝色的小河
很多新鲜的水流动

而黑夜，翻上了我的窗户
我无法看见一座宝塔的建成
它不是光，是一个烟头
它试探我清澈的中央

## 语文课堂

将听到的词语转化为文字，是艰难的事吗
这是午后的语文课堂，三人声音起伏回荡
一些冷气和一些彩色的光，还有树叶轻晃
图画上事物的幻想，一只笼子困住一只鸟
你也在寻找那复杂的独特的永恒吗？ 神秘
我们的处境，多么相通，在反义词间抉择
四点半，课堂结束，孩子们离开，穿过那
热风中的树下，整个下午，若离开了空调

我们会不停流汗,而他们的小身影渐消失
在那燥热的街道口,向着不同的方向展开

王　冬,女,1995年生,贵州安顺人,文艺学研究生在读,曾参加《中国诗歌》第八届新发现诗歌营,《诗刊》社第37届"青春诗会",著有诗集《雾中所见》。

# 水边树（外二首）

彭 杰

到九月，院外星辰发生的速度
比里面更冷。塘水稀释的手，又像在延伸
波纹占有了一部分时间，湖岸是良宵和松动
忽然消失的事情是入林鸟。光线、积水的声音
尾羽上深浅不一的睡眠，它们都在提醒我。

"把问题摆在那里，它就会自己风化了。"
但夜幕下，所有盲视的力都在抽条、繁殖
枝杈一直被界定修剪，但永远也不可能
吻合你我的面目。譬如前年田埂上发生的事
像塑料薄膜，顺着荣地一直延伸到脚边

## 风景储物

你发现晨雾汲满风景，像是转移
但我和你解释过树木的地形学
波纹辨认的星落每天都在堆叠

她却相信了褶皱和枝叶的美德
坐在雨水占领的广场上宣布
鸟鸣将一声声撤回，提纯为多语的鳞甲

就是现在，喷泉像"此刻"一样延续
她岔开的雕纹转向颈部，又在裙脚合拢
如同花朵所有的容积，都来自于延伸

## 每　天

雨水操纵人群，街道推开商店
占据绝大部分表情的水面很快就会醒来
然后一些故事经过我并被遗忘
像家具，被安置和运离房间的过程

在那之前，我们沿着小路向山谷深处行进
它装饰的脚印，也曾有名字和性别
临近深春，我已经快跟不上即将到来的
一天了，夜晚总是像大海般倾泻

良辰中的星光，从不同人身上找到落点
也是秋蝇停在枯草尖，不再摇晃
当弦月的上端触入虚空，下端
抵着眉梢，它接引的事物，使你数次醒来

**彭　杰**，1999年生于安徽六安。作品散见《人民文学》《上海文学》《诗刊》等，曾获樱花诗赛奖、全球华语大学生年度诗人奖、中国诗歌网年度十佳诗人奖等，曾参加《星星》大学生诗歌夏令营、"十月诗会"、《中国诗歌》新发现诗歌夏令营等。

## 在达官营（外二首）

**李 娜**

傍晚，入冬的冷气覆没街道的熙攘与嘈杂，
处处是褪色的招贴画，这新时代的广告语，
拼命拉拢行色匆忙的眼睛。最是市井处，
几世又几年，古代铁骑们嗒嗒的马蹄
卷过世俗的新风尘：买菜、吃枣、赶地铁，
欣赏一场话剧表演然后走出剧场放映人生。

多数是疲弱的风景，像时髦挥舞双臂的
广场舞艺术家，在浓雾的节奏里摇晃，
摇晃过又一日，每个舞步都划出完满的重影。
然后归位，与街旁音响店循环的晚春之歌
一起平和退场。会厌倦吗？当下一曲奏响，
毫不犹豫地，疲惫的腰肢已扭动新的教程。

## 永 夏

是夏夜，雨水被拆空，
留下泛潮的滩涂。我沿着
草地的边缘行走，一些光亮
从这里蒸发，坠入漫长的黑河。
我无法变得轻盈，无法随着
潮热的空气在密集的柔软中伏身。
当陌生的影子重合，生活的水波

微微颤抖，一些细枝末节也微微颤抖，
撑裂所有远离温吞与复杂的可能。
当七月来临，拆毁一些细小的喜悦，
就如同打断雨里沉溺的巡游，
再嬉笑着，翻转出永恒的郁热。
终究乏善可陈，也没有人再来询问：
那些夜晚，在那些极安静的草坪边缘
绵密地生长着的痛苦与笨拙，是否
最终都被灼成了细末。该如何证明，
在一夏的时间里，打碎一面可能之镜，
远比培植一棵孱弱的无花植物轻松。
而复杂的是，我目光触及到的，
那些葆有新鲜的或刺激的，
都如迷人的孤独者再次降临。

## 共居的哲学

帘子垂落下年轻的身体和各自
积攒的隐秘灰尘。碰撞发生于此，
浮泛起不短不长的女子共居史——
温暖而幽闭，模拟着人间的热与冷。

自我的拓展始于清晨，探向镜中的脖颈们
如同幼鹤，向内盯紧时间，琢磨
眼角细生的尾纹：如何用年轻附庸出一些貌美，
以及与年轻貌美勾连的我们的学院生活。

但也许不该，向来纵情的都是肤浅的，
都是传统的小儿女，难得有欢饮的时刻。
伪装成厌世者，也还不够逼真自由，
只得小心怀揣他者给予的几分人际的坚实。

或是再用这几分坚实搅动出剩余的温热，
顺应这拥挤便是热爱的伟大传统，
在促膝长谈的好夜晚，再摆一盘棋子。

　　**李　娜**，女，1996年生于甘肃天水，中央民族大学中国现当代文学研究生。曾获光华诗歌奖、樱花诗赛奖等。

# 老奶奶发动机（外一首）

## 如　妍

当我们穿行在湖底隧道时，
我周身温润，对你所说的事情
也毫不挂心。但你一个劲地道歉，
疲软如一些浮游生物。
发动机他老了，每次咬合
都像你的奶奶在炒菜。
傲慢如我们，是不会去探索
自己在食物链中的位置的。
你驾着老发动机上拉索大桥，
好像是忘了如何适时地切换档位，
草莽地领我，驶向锋利的深秋。

## 四世同堂

耕种那片无尽的郊野时，
我没能警觉到自己正在生出白发。
祖父用愚笨的剪子挫去新生的柔嫩，
我也同他一样，容不下指甲的侧枝。

浇灌。然后倒数五秒，就能目睹水渗完。
沟渠向天喂水，也是虔诚坚忍的一种。
浸泡着的谷物，在我的梦里夜夜转黄，
米香穿过针眼，拍打着妻子红润的额头。

灰乌鸦衔着偷来的发卡,在相纸上
缩成一个休止符。妻子已经累得快走不动,
新缝的小棉衣趴在她的膝上。季风没有带来雨,
我的情欲也终于结痂。桑榆难以防备种种。

大儿子像一截粗老的树根,与日历相对。
他画我:一只通体蓝色的麻袋,粗陋不堪,
但是我不恨满手茧子和浑浊的赤眼。
我的妻子正腆着肚子,走向无知的水井,
那时候——流云相合,众星俯身。

**如　妍**,女,1996年生于浙江杭州,复旦大学中文系语言学及应用语言学研究生,复旦诗社第四十一任社长。曾获光华诗歌奖、野草文学奖、重唱诗歌奖等。

# 站在星球上（外二首）

**邱志君**

我已陷入尘世之欢
嗜睡之余，不避讳见人
善用百叶窗调节屋内的氛围
有时候我也想，画幅自画像：
小脸，小小的身子，站在巨大的星球上
不像是孤独的样子

## 在一个起风的日子

我要出去
并换身衣衫，那种有很多细碎布条的
裙子，在风起的时候
具有众多方向

## 黑屋子

在昏暗的房间里
她踱步，来来回回
就这么点大地方，使一支烟显得很长
鞋子踢踏踢踏地不断地敲着
那的确是一段紧迫的时光，但也缓慢
细腻，有根烟头
被悄悄地放进一个干净的盒子里
上面沾着口红唇印

每当光从窗帘缝挤进昏暗中来时
就记起
那种夹缝中的快乐

**丘志君**,女,90后,江西赣州人,诗人、摄影家。

## 镜中书（外一首）

**陈　航**

面对自己的皱纹，从江河开始诉说
水浪拍打岸边，涉及暮春里暗下的火堆
我偶尔食江，吞饮垂老的天空
行走是江河沉默的暗语
波纹在我脸上行走，脚印有深有浅
接着诉说森木。茂盛主要取决于土壤，阳光
一个朦胧的黄昏加上贫瘠之地
导致叶子枯黄，凋零
刚好落入我的褶皱，继而有枯黄的影子
在镜中清晰可见。当我合上这本书
月光也降临了。我知道，它落在这本书上
迟早也会落在我的脸中

### 曲线学

脱离直尺的栅栏，鸬鹚
飞入海洋的图纸。这曲线的形成
是沿途，捕捉鱼群的笔法：
往下冲击，风为最大的阻力
这刚强的盾牌，不必去直接撞击
绘制曲线，漂亮地避开所有物
从一张纸，模拟我所经历的
从上面的每个偏离曲线的点
找到遗忘的风暴

——从出生到现在
借助曲线，我多次轻易捕捉到鱼群
但也慢慢地陷入了
风平浪静的弊端：
雨突然变大，船杆的磨损
使自己陷于风暴当中，摇摇晃晃
绘制曲线，也绘制曲线的周围
熟悉每一个点，像船长
把握风暴的变相，让鸣笛的大小
填平在海洋与陆地之间
纸上的每个凹凸点

**陈　航**，1997年生，海南澄迈人。作品见于《诗刊》《青春》《诗歌月刊》《延河》《诗潮》等，曾参加《星星》大学生诗歌夏令营。

# B

旁 观

七代诗人　七个角度

# 诗始于感觉终于智慧

## 谢克强

**一、您是否关注过90后诗人？因为什么而关注？**

我主编《中国诗歌》，重点推新人新作是办刊的宗旨之一。因此，《中国诗歌》从2020年就创办了"新发现诗歌夏令营"，已经办了11届，推出了近140位青年诗人的诗作，其主要成员就是90后诗人。之所以如此，就是想给诗坛注入朝气蓬勃的新生力量。

**二、您对90后诗歌最深刻的印象是什么？或者说，你认为90后诗人相较前辈诗人而言，在哪些方面呈现出了新的气象或者特征？**

由于《中国诗歌》一年一度主办的"新发现诗歌夏令营"，因而每年吸引大批90后诗人投稿，最终只有12人入选，这就需要我们在比较中进行选择。我在读稿中最深刻的印象是90后诗人的诗作起点比较高。之所以如此，是因为相较于前辈诗人，一方面他们的受教育程度比较高，因而文化素养和思想素养相对高一些。另一方面，他们这一代人接受的诗学教育也要复杂宽泛许多，如他们接受的外国诗歌的营养就比较丰富。

**三、您认为90后诗歌在语言观念和修辞意识方面有何特点？**

我在读90后诗人的作品时就发现他们诗歌的语言较少口语化，注意诗歌语言的诗意与艺术张力。在谋篇布局即诗的构思上似不太精心，但在修辞方面却比较注意诗的意象运用，以丰富诗的内在意蕴。

**四、90后诗歌在与现实、时代、历史及传统等的关系处理上有着怎样的表现？**

在读90后诗人的诗歌时，我发现他们对现实比较关注，即对发生在身边的事比较关注，似乎写起来比较顺手，读起来也比较亲切，像余真写父亲的诗、庄凌写母亲的诗都是如此。至于对时代、历史及传统等关系的处理，以他们的人生经历或思想眼光，处理这类关系还欠火候。

**五、到目前为止，90后诗歌有没有创造出超过一般"好诗"标准的、真正切入历史和变构传统的重要文本？**

诗歌的经典化一直是诗歌界比较关注的问题，但这项工作诗歌界做得并不尽如人意。当然，诗歌的经典化一是需要时间沉淀，二是需要有人来做。尽管诗歌界每年编辑出版的诗歌年选不少，但推出的诗歌经典却不多，原因则是多方面的。到目前为止，90后诗歌有没有创造出超过一般"好诗"标准的、真正切入历史和变构传统的重要文本，这需要时间沉淀，也需要时间来检验，这不是哪一个人可以认定的。

**六、相较于前辈诗人而言，90后诗歌与网络传播环境的关系更为紧密。对此，您如何看待？**

在网络传播环境下，只要对诗有兴趣，谁都可以在网络上发表自己的诗作。由于没有门槛，网络传播环境下的诗歌可以说是泥沙俱下。因此，我在给新发现学员讲课时就告诫他们，不能将网络当作业本，随意发表。因为诗是一种以少胜多的艺术，以我的经验，我认为好诗都是改出来的。

**七、就当下而言，您认为90后诗歌是否还存在一些显而易见的问题？如有，是什么问题？**

我们举办"新发现诗歌夏令营"，就做一件事，就是让学员将他们被我们选择后的诗稿根据编辑阅后的意见进行修改，结果是修改的诗稿普遍较原稿有了较大的质量提升。从这件事可以看出，90后诗人一个显而易见的问题就是急于发表，沉淀不够。有人曾问我如何写诗，我说写诗始于感觉终于智慧。90后诗人感觉都还不错，因为感觉可以靠激情推动，而智慧则需要思想。由此可见，90后诗人需要在思想认识上加以提高，才有可能发现自己诗的不足而加以修改，从而提高诗的艺术魅力。

谢克强，1947年生，湖北黄冈人，原湖北省作家协会副主席，诗人、作家、编辑家。著有诗集、散文诗集16部及《谢克强文集》8卷。其个人诗歌入选300余种选集。

# 许多青年诗人仿佛是外星人

## 于 坚

**一、您是否关注过90后诗人？因为什么而关注？**

我会看20世纪90年代以后出生的诗人的作品，但不关注90后。这种命名是非诗的，诗没有年龄，只有好和差、是不是？

**二、您对90后诗歌最深刻的印象是什么？或者说，你认为90后诗人相较前辈诗人而言，在哪些方面呈现出了新的气象或者特征？**

青年一代诗人，写得好的比之前的任何一代人都更多，差的也更多。我只看诗，依据的是古典经验，诗之所以是诗的那种经验。我不关心它打着什么旗号，无论口语、废话，抑或知识分子、下半身、80后、90后、台湾诗人、革命现实主义、西方诗人、白银派、超现实主义、运动派……

诗不解释，语言即存在。我看诗的角度和司空图一样，只看存在（语言）是否在语言中抵达了。"充实之谓美"（孟子说），美就是有无相生，知白守黑。

巧言令色鲜矣仁。我不喜欢玩造句、玩"写作难度"之类的东西，小聪明，非诗。

诗是语言的祭祀。一种"述行"、宗教行动。孔子已经指出，"不学诗，无以言。""小子何莫学夫诗？诗可以兴、可以观，可以群，可以怨。迩之事父，远之事君，多识于鸟兽草木之名。"颠扑不破。

**三、您认为现今的90后诗歌在语言观念和修辞意识方面有何特点？**

比较雷同、平滑，缺乏身体和语感。什么意思？比如写毛笔字，笔画构件都一样，但是下笔之后，看不出身体、语言的细节差别，仿佛是描红。

李白杜甫写格律诗，主题、甚至词汇表都雷同，但是语感鲜明。语感决定诗的生命。修辞的复杂来自诗人生命本具的厚薄深浅。为学日益，为道日损。这个话并非没有根据。

**四、90后诗歌在与现实、时代、历史及传统等的关系处理上有着怎样的表现？**

好像完全失去了和历史的联系。反传统成为正常，就像海子的诗，完全看不出时间的维度，放在任何时代都可以，在任何时代都轻飘飘的。《石壕吏》或《0档案》这样的诗在修辞上似乎都过时了。而存在不会过时。

许多青年诗人仿佛是外星人。我记得几年前在日本，我和一些日本青年诗人在一起谈论白居易、李贺、荷马、普希金，大家如数家珍。我的标准是《诗经》、古诗十九首、阮籍、李白、杜甫、苏轼……荷马、惠特曼、迪金森、托尔斯泰或巴尔扎克，所以在维"新"是从的新青年面前常常无话可说。

**五、到目前为止，90后诗歌有没有创造出超过一般"好诗"标准的、真正切入历史和变构传统的重要文本？**

好诗标准无法创造。创造是一个很糟糕的词。无论任何时候，好诗的标准都是《诗经》、李杜或者《圣经》《荷马史诗》那个标准。否则诗就没有意义了。世界的一切都在进步，诗不进步，诗是元亨利贞式永恒重复，更新的只是修辞方式。诗不是观念，不是意识形态。诗就是存在，而存在不是创造，是被给定。语言不过是对存在的"结绳记事"。存在如何，诗如何。

**六、相较于前辈诗人而言，90后诗歌与网络传播环境的关系更为紧密。对此，您如何看待？**

网络是诗的传播救星。网络让诗实现了真正的自由传播，只要你的语言能够吸引。诗的发表在这方面已经抵达绝对的自由，诗人自己直接负责（没有任何主编干扰）的自由。

诗解放生命，网络功莫大焉。

**七、就当下而言，您认为90后诗歌是否还存在一些显而易见的问题？如有，是什么问题？**

写诗，要想清楚为什么写，是否不写生命就不快乐，没有前途、没有意义。就汉语写作来说，这种语言的写作能够"又尽美矣，又尽善矣"，令作者超凡入圣，但是也会杀人。写诗就是出家，并且它是一种赌博。年轻一代将一生押上去，或许"天下谁人不识君""千金散尽还复来""千秋万岁名，寂寞身后事"，或许鹤立鸡群、孤家寡人、死于非命。已经有很多例子。写诗是"诗成泣鬼神"之事业，是与鬼神打交道，自古，中国诗人都是巫师、文人。现代将诗人降格为知识分子，这很危险。如果诗是一种知识，那么这必然是饿死诗人的知识。《易经》里面那句话可以三思："修辞立其诚，所以居业也。"古之君子写诗，重在居业。巧言令色鲜矣仁，必不居业。这个青年诗人要想清楚，里尔克不会告诉你这些。

于　坚，1954年生，云南昆明人，诗人、作家、摄影家。著有诗集、散文及随笔集数十部，曾获鲁迅文学奖、人民文学奖诗歌奖、花城文学奖、朱自清散文奖等。现居昆明。

# 他们会越来越成熟，会达到他们的高度

## 荣 荣

**一、您是否关注过90后诗人？因为什么而关注？**

关注啊。一个写作的人，如果无法对自己的创作有理性的准确认知，他的写作无异于盲人摸象。这种认知有自身专业素养的判定，更有古今中外同行和他们作品作参照。所以写作的人不能目中无人，往前往后往左往右看都是必须的。仅从这点上说，关注90后诗人也是应该的，况且我从事的是编辑工作。

**二、您对90后诗歌最深刻的印象是什么？或者说，你认为90后诗人相较于前辈诗人而言，在哪些方面呈现出新的气象或者特征？**

其实在我眼里，只有好诗人与不太好诗人的区别，没有年代划分。大器晚成和少年出英雄都是人间常态。但年轻还是有优势的，能站在前人的肩膀上，能过上区别于前辈的新新生活及相应带来的新新观念。这些都会给他们的诗歌带来不同的新气象。这新气象，构成作品的生命力，也是他们最明显的特征。

**三、您认为90后诗歌在语言观念和修辞意识方面有何特点？**

也许很多人会认为90后诗人，聪明却不太想多费力气，写作上似乎相对随意。这种对于写作的潦草态度，其实是对艺术创作的耐心缺失。抱这种写作态度的人，每个年代都大有人在。而90后之所以给人感觉多一点，是因为他们还是孩子心态。我们要给他们成长的时间和空间。

四、90后诗歌在与现实、时代、历史及传统等的关系处理上有着怎样的表现？

他们会越来越成熟，会达到他们的高度。我们不能站在所谓的高处去杞人忧天。

五、到目前为止，90后诗歌有没有创造出超过一般"好诗"标准的、真正切入历史和变构传统的重要文本？

肯定会有的。我的阅读不全面，例子就不举了。

六、相较于前辈诗人而言，90后诗歌与网络传播环境的关系更为紧密。对此，您如何看待？

诗歌是生活的镜面。他们的诗歌如果与此无关，那就是假诗歌。

七、就当下而言，您认为90后诗歌是否还存在一些显而易见的问题？如有，是什么问题？

我认为所有的问题都是旁人以为的问题。诗歌不该有程式化、模式化的东西，最好的状态是想怎么写就怎么写，并且随心所欲地表达。当然，诗歌写作也有上限和下限，有一个基本的框框得遵守。除此之外，创作这个东西，也是饿死胆小的，撑死胆大的活。90后是这样，其他的写作者也是这样。

荣　荣，女，诗人、作家、编辑家，1964年出生于浙江宁波，浙江省作家协会副主席，《文学港》杂志主编，新世纪十佳青年女诗人，著有诗集、散文随笔集多部，曾获鲁迅文学奖、中国女性文学奖、十月文学奖小说奖和《诗刊》诗歌奖、《诗歌月刊》诗歌奖、人民文学奖诗歌奖、中国作家出版集团优秀作家贡献奖等。现居宁波。

# 这一代年轻人比较安静

## 朵 渔

**一、您是否关注过90后诗人？因为什么而关注？**

我关注过很多比我年轻的诗人同行的写作，相对于年长的写作者，我更喜欢年轻的状态。但我不知道谁是80后谁是90后，分不太清。我觉得我和他们都处在同一个写作场域中，代际的感觉并不明显。但我也越来越明显地感觉到自己开始变成"前辈"了，因为太多人开始叫我"老师"，这种感觉催人老啊！

**二、您对90后诗歌最深刻的印象是什么？或者说，你认为90后诗人相较于前辈诗人而言，在哪些方面呈现出了新的气象或者特征？**

我没有太微观的观察，只是一种笼统的印象。我印象最深的是那种新鲜感，语言、意识、经验都是新鲜的，刚出水的，生机勃勃的那种感觉，有一股青春的酸味。令人惊异的想象力，对时代的拥抱和疏离都与我们这一代不同。没有对社会现实的强烈愤懑和不满，没有太多美学的和思想的负担，自由的轻。因对彰显个性的追求所带来的自我戏剧化，对知识的依凭，等等。另一个感受就是，这一代年轻人比较安静，不怎么闹腾，不像那些年的我们。

**三、您认为90后诗歌在语言观念和修辞意识方面有何特点？**

这个很难用一个整体来观察和概括，个体差异还是很明显的。刚开始学习写作时，进入诗的入口通常有两个。一个入口是轻松的、口语的、日常的，这个入口看似门槛比较低，但可以带进很多个体经验，比较及物，有得可写，但往往流于轻松。诗毕竟是难的。另一个入口是艰涩的、修辞的、学院式的，比较像诗，语言的诱惑。这个入口太窄，修辞的口袋里装不下太多个体经验，容易悬空，越写越虚。除非是天才。大多写作者都是从这两个入口进来的，低门槛和窄门槛，一个易空，一个易水。两种诗学门径往往也标示着两种不同的生存状态和人生态度。很多人批评那种过于修辞化的写作倾向，但语言的诱惑太大，很多诗人一生都在与这种诱惑作斗争。这只是入门，还谈不上语言观念和修辞意识，也没有必要抱持什么观念和意识，应该有一种开放的心态，一种拥抱异质观念的心态，无知的心态，才可能再继续往前走。诗的路途遥不可及，足够一个人用一生去追求。早早地抱持一种写作观念，容易故步自封。

**四、90后诗歌在与现实、时代、历史及传统等的关系处理上有着怎样的表现？**

我没有仔细观察过这个问题，只是凭阅读印象感觉年轻一代的写作者的历史负担没那么重，对体制化的界限也没有那么清晰和敏感。毕竟每一代人所经历的时代背景不同，他们对现实的拥抱与疏离也都是基于他们的成长经验。以我的个人经验，我觉得诗人应该建立起自己的诗学的、思想的坐标系，要有上下几千年的历史观念，端坐其中的那个时代的来龙去脉要清楚。无论从肩负使命还是从个体安身立命的角度，没有历史观念，没有思想的时空观念的诗人，很难对自己的时代有多么惊人的理解。年轻一代的写作者，他们的知识结构、教育背景、接收信息的渠道等等，普遍要好于我们这一代。这是一个很高的起点和基础，相信会有伟大的表现。

**五、到目前为止，90后诗歌有没有创造出超过一般"好诗"标准的、真正切入历史和变构传统的重要文本？**

我不知道。我觉得这样的"重要文本"还是挺难的，它需要借助某个历史变故或诗学事件，才可能被指认、被标记。我觉得诗人的日常写作心态应该就是写小诗，没必要每一次写作都铆足了劲奔着某个"重要文本"去努力。事实上，这几十年的诗歌史上，多少轰动一时的"重要文本"都失效了，成了一堆垃圾。写诗这件事，没有经过二三十年的艰苦摸索，很难真正体会其中要义。诗人的努力应该在每一天的努力和精进上，苟日新，又日新，日日新，每一天的一点点努力最终会带来一个新的境界。别想一蹴而就，别想毕其功于一役，专注于每一天的进步，乐趣也在其中了。

**六、相较于前辈诗人而言，90后诗歌与网络传播环境的关系更为紧密。对此，您如何看待？**

诗和网络没关系。抄在羊皮卷上的诗和敲在个人社交媒体上的诗是同一个诗。诗的伟大也在这里，它永恒性的那一面不会随环境而改变。诗也不是非得万人传诵才叫好诗，真正的好诗也许就躺在某个天才的草稿本里。我的习惯是诗写好之后就存放在文件夹里，一般会存放一两年，时不时拿出来看看。这也许是一种"家有余粮心里不慌"的心态，我不会将这个经验推荐给年轻朋友。每个人都有自己的写作习惯，但诗的严肃性还是告诉我们，最好不要写完就急着贴出来，至少要存放5分钟。

**七、就当下而言，您认为90后诗歌是否还存在一些显而易见的问题？如有，是什么问题？**

我更愿意从年轻朋友的作品里去学习那些新鲜的经验，那些我所不具备的或已然丧失的经验。他们作品中存在的问题无一不是我曾经犯过的错误。也就是说，我也从他们的错误中认识自己的问题。显而易见的问题是那种真理在握的封闭心态，知识的傲慢或因缺乏知识所滋生的傲慢，以及比必要的虚荣更多一点的虚荣。这些显而易见的问题显然都不算什么问题，如果你拥有一颗开放的心灵，有一种日日新的精神，多去理解一些异己的风格，这些问题早晚都会成为新的动力。诗路漫长，可能一生都走不完，耐心点。当然，如果固执己见，封闭心灵，任何一个小问题都会绊倒一个诗人。天才除外。

**朵　渔**，1973年生于山东，诗人、作家、编辑家。著有诗集、评论集、文史随笔集等多部，曾获华语文学传媒大奖"年度诗人奖"、屈原诗歌奖及海子诗歌奖、《诗刊》《诗选刊》《星星》等刊年度诗人奖等。现居天津。

# 年轻人都是神

## 胡　桑

**一、您是否关注过90后诗人？因为什么而关注？**

一直在关注。十几年前，就有很多90后诗人开始进入我的视野，虽然他们中的很多人后来不再写作。我参与过未名、光华、重唱、齿轮、快速等高校诗歌奖的评审，会遇到很多优秀的90后诗人。由于现代性的催促，当代诗与时间、历史的进程紧密相关。90后诗人是目前最有新生力量的一批。年轻人都是神。他们拥有着对这个世界隐微纹理最为敏锐的感受，尤其能够在语言的最新状态里找到当代诗的表达。对我来说，理解年轻人的写作，是为了目击中国诗歌的创造力和去向，也是为了理解中国诗歌的过去。从年轻人那里理解过去，是比较可靠的一种方式。

**二、您对90后诗歌最深刻的印象是什么？或者说，你认为90后诗人相较于前辈诗人而言，在哪些方面呈现出了新的气象或者特征？**

90后诗歌兴起的时代，是一个图书流通便捷、获得图书变得容易的时代，同时也是一个网络资源发达的时代。由于社交媒体的普及，诗人之间的交往变得更加方便。他们可以迅速共享一种比较可靠的诗学认知。90后诗人的阅读起点普遍很高，很全面。他们的知识储备完整。对于语言，他们一开始就显示出成熟的控制力。他们的诗歌更加讲究精微的修辞，诗歌所传达的经验和领悟更加复杂、幽深。

**三、您认为90后诗歌在语言观念和修辞意识方面有何特点？**

90后诗人并不是一个均质的群体，他们各有追求。就我所关注的一些诗人而言，他们在语言观念上已经超越了形式与内容、纯诗与历史之间的来回摆荡。他们更自如、自信地运用语言。在他们的语言里，世界是一个整体，一个多孔的、敞开的、隐幽的整体。他们的修辞常常指向一个相对幽暗的空间，无论是内心空间，还是日常空间。但修辞本身的开放性、发散性，让他们的语言成了精密的织体。

**四、90后诗歌在与现实、时代、历史及传统等的关系处理上有着怎样的表现？**

有许多诗人，他们善于将日常生活和当代历史事件编织入诗歌，比如砂丁、李海鹏、李琬、安吾、苏画天、程一、薤弦、秦三澍、颖川、苏晗、刘阳鹤、马骥文、马小贵等。也有的诗人，他们自如地处理着久远的历史事件和传统文本，比如李海鹏的《转运汉传奇》，砂丁一系列书写萧红、萧军等历史人物的诗。刘阳鹤、马骥文、马小贵等人在诗歌中激活了伊斯兰传统。

90后诗人的作品呈现出惊人的丰富和开阔。和前几代诗人明显的差别在于，他们的主体姿态是当代的，即便是在转化传统资源的时候。这个当代的主体姿态来源于当代的网络、数码、动漫、游戏世界，更来自中外当代诗歌、小说、艺术、哲学的书写姿态。他们有着敏锐的历史意识，比我们更了解这个时代。

**五、到目前为止，90后诗歌有没有创造出超过一般"好诗"标准的、真正切入历史和变构传统的重要文本？**

很多。李海鹏的《转运汉传奇》、砂丁的《中国的日夜》、安吾的《少年游》、李琬的《秋日图书馆》、马小贵的《魏公村的幽灵》等等，都是这样的文本。这只是我随意想起的一些作品。问题的关键是，"历史"和"传统"这样的词汇需要重新被解读，尤其是在他们的诗歌作品中。如果我们依然用1978年—2000年所形成的对于"历史""传统"的陈旧认知去看待他们的诗作，那就是一种不负责任的知识误用。

**六、相较于前辈诗人而言，90后诗歌与网络传播环境的关系更为紧密。对此，您如何看待？**

80后诗人是第一代得益于网络的诗人。但是，80后诗人成长于前网络时代，那个时候的网络只是一个自由写作、表达的外在媒介。但是，在90后诗人这里，网络是他们存在的一部分，是他们理解世界的不可或缺的方式。数码社会是信息社会，也是虚拟的透明社会。透明所言说的不是人的存在，而是人与人之间的"他者性"的消失。人不再是一个他异的、有待去相遇、认识的他者。人成为了虚拟的符号。符号是对他者的简化。90后诗人既身处这个透明社会里，又试图与之形成紧张和疏离的关系。他们带着数码社会的症候，主动和历史、传统进行对话。他们是同时代人的例外者。每一代诗人都是要通过调整与传统的关系脱颖而出的。但是，通过他们，我们可以更好地看到网络社会的境况。

**七、就当下而言，您认为90后诗歌是否还存在一些显而易见的问题？如有，是什么问题？**

每一代人都会存在问题，问题只在于时间。问题成了问题，也是现代性的结果之一。其实，写作的最终动力并非来源于对问题的意识。在90后诗人这里，过多的知识可能成了负担。但这正是他们成为自己的必要途径之一。对于那些以诗为志业的诗人而言，唯一的问题是如何走向辽阔。

**胡　桑**，1981年生，浙江德清人，诗人、评论家、翻译家、哲学博士、中国现代文学馆客座研究员。著有诗集、诗论集、散文集和译著多部。现居上海。

# 我们的写作是自发性的

## 瑠 歌

**一、您是否关注过90后诗人？因为什么而关注？**

我通过《磨铁读诗会》与《新世纪诗典》，了解到了一些同龄作者。

**二、您对90后诗歌最深刻的印象是什么？或者说，你认为90后诗人相较于前辈诗人而言，在哪些方面呈现出了新的气象或者特征？**

我们这代人有一个小优点，即我们的写作是自发性的。换句话说，诗歌在当代并不是一种表达自我与获取认同感的主流方式。如今年轻人坚持写作，更多是出于对认识自我与生活本身的渴望。说白了就是为了好玩、过瘾。写是为了痛快，写得痛快才可能伟大。弱者才会怀揣一颗扭曲的心，将对社会的怨恨写入苦大仇深的句子里。

**三、您认为90后诗歌在语言观念和修辞意识方面有何特点？**

90后的语言，就是口语与网络流行词。在诗歌中，我们使用的语言与手法是即兴的，并不拘泥于某种特定的美学风格与语法规则。但是，无论使用什么样的诗歌语言，它们都应当与我们日常生活中的话语达到一种内在的契合。换句话说，诗歌中的意象要与生活中可被具体感知到的体验对应上。这是美学、精神世界与人的平凡生活的统一。我们所追寻的"理想花园"，并不在虚无缥缈的地方，而是在眼前那些不为人知的地方。因此我们不能用一种脱离了现实，只停留在臆想中的缥缈语言去表述它，而是用一种从我们的身体出发的话语去寻找它。

在盛行佛教文化的中世纪日本，一种叫"俳句"的短诗十分流行，作者们往往用质朴的汉字，捕捉周围环境中的臆想，来揭露一种理想世界中的状态。即使没有复杂的修辞，我们也可以无限接近语言中的那个世界。

试想，一个人在现实中为了蝇头小利而勃然大怒，沉沦于酒桌上的人际关系与办公室的名利之中，他的诗歌里却充满了爱、月光、玫瑰与死亡等字眼，不是很令人反胃吗？

说白了，诗歌的语言与修辞是一种揭露真实的途径，而非伪装诗人的技巧。

**四、90后诗歌在与现实、时代、历史及传统等的关系处理上有着怎样的表现？**

对于无法亲身领会的事物，自然在创作时要保持相当的谨慎。所以一个年轻诗人在文字里大谈历史与传统，大概是颇为滑稽的。不过，一个优秀、敏感的诗人，肯定能够从环境的细节中看出不为人知的变化，进而对一群人类的历史提供一个独特的视角。

我们这一代没有经历过去艰辛的人，似乎对传统本身就没有抱多大的热忱。但是，90后相比上一代人，对人的处境更敏感一些。我说的"这种人的处境"是指全世界的人类都在向网络与密集的城市靠拢，过着没有记忆的、碎片化的、迷茫的生活。

**五、到目前为止，90后诗歌有没有创造出超过一般"好诗"标准的、真正切入历史和变构传统的重要文本？**

这个问题不该由我来回答，老人们也没有资格回答。唯一有资格回答的，是50年后我们的同龄人。当他们蓦然回首这一生，从我们的诗句中感觉到了那些令他们一辈子刻骨铭心、又难以言清的东西，那就代表我们这一代诗人确实完成了使命。21世纪是诗人的时代，但是不会有任何诗人变成大名人进而参与到社会建设中。但是诗歌会帮助普通人，战胜日常生活中的琐碎苦难，没有任何一种技术与艺术可以代替它，或许音乐除外。

**六、相较于前辈诗人而言，90后诗歌与网络传播环境的关系更为紧密。对此，您如何看待？**

有网络是很方便的，容易结交到更多的朋友，同时也节约了成本。爱写诗的人，没有途径去纸质刊物发表。爱读诗的人不愿意花钱购买纸质刊物。两者都从网络中受益了。网络使得诗歌的成本越来越低，这样对多数人有益。何况，诗歌本身就没有什么经济效益，所以更应该节约成本。

七、就当下而言，您认为90后诗歌是否还存在一些显而易见的问题？如有，是什么问题？

我要先做出一个预言，我们这一代人，没有一个杰出的作家不是掌握两门语言与拥有两种文化下的生活经历的。这就是世界的趋势。所以，做诗人要胸怀大志。我的意思不是你的成就有多大，而是你要心怀天下，去认识这个世界，认识不同人的生活。

总体来说，90后更容易沉溺于自己的才华中。不过历代年轻人都是这样。长期写作的人都知道，文学成就基本和天赋没有丝毫关系，它是意志力与经历造就的。

诗人和任何职业一样，不是跟着感觉走就行的，跟着感觉走基本上不出几年就走进死胡同了。诗人和程序员一样，要不停更新知识储备，还要保持良好的身体状态，精神头不好的人，很难做到长期写作。

**瑠 歌**，1997年生于北京，毕业于波士顿大学建筑与哲学系。作品散见各刊物，著有诗集《公路旅行》，小说集《灵魂住着老头的少女》等。现居北京。

# 90后诗歌有种更为突出的内倾化的特质

## 张雪萌

一、您是否关注过90后诗人？因为什么而关注？

三四年前，在我刚刚尝试通过网络平台发布作品时，收到了一些诗友的反馈，基本都是来自90后的写作者。因为年龄相仿，又通过结识后的友谊，慢慢地，90后诗人成为我最为熟知、也最密切关注着的群体。

许多00后诗人在网络、刊物上初次亮相时，经常被划归到"泛90后"的范畴。这也从侧面反映出目前00后创作群体还不够鲜明到可以被提炼为诗歌史上的一代，但90后已经展现出自足、丰富、属于新生力量的写作风貌。站在00年的门槛上，一方面，我和前代写作者们频繁互动；另一方面，我也满心期待尚在到来途中的00后群体。很好奇，是不是每一个处在年份节点上的诗人都曾有过这种复杂的心理活动。

二、您对90后诗歌最深刻的印象是什么？或者说，你认为90后诗人相较于前辈诗人而言，在哪些方面呈现出了新的气象或者特征？

90后诗歌有更为突出的内倾化特质。比起对政治、社会的直接介入，内在世界的深邃似乎更能引发90后的探讨，他们也更倾向于表达私密的个人体验，并不着重强化诗歌沟通公众的功能。此外，90后诗歌探索的主题也更为广阔，影视、性别、现代艺术、赛博朋克……题材并不构成能否入诗的限制条件，他们将眼光投射到聚光灯未照亮的那部分世界，意在使诗变为表达领域中"泛文本"的连通器。

**三、您认为90后诗歌在语言观念和修辞意识方面有何特点？**

90后对于诗歌语言的自觉性，应该比之前任何一代写作者都要突出。什么样的语言才能恰如其分地被吸纳为诗的语言，90后诗人对于这个问题的实践，比先前我们对于口语、书面语、旧体诗之间笼统的思考要深入得多。他们的一些修辞尝试，甚至不惜于在大众读者眼中被视为是怪奇、生涩、符码式的。诗歌的容量被大大拓宽，我能明显感觉到在进入90后诗人的文本时，我的阅读速度会被放慢，需要调动的理解力也更多。

**四、90后诗歌在与现实、时代、历史及传统等的关系处理上有着怎样的表现？**

每个诗人都是传统之河上的一个波纹，一个瞬间。在历史和传统的介入方面，90后诗人谙熟于"成为他人"的写作伦理，通过披挂文化史上某个形象的面具，重新返回到一个个逝去的现场。这种写作技法并非90后独创，却是最能引起他们兴趣的一种尝试。不过，"面具"理论从叶芝那个时代便被提出，现如今也不再是什么新奇的技法。比起寄身于他人、向传统讨要意象贴片的种种写作实践，还应该有对于文学更深层运作逻辑的思考。对于时代而言，年轻写作者遇到的往往不是"不想说"的问题，还有背后的"不必说""不能说"的无力感。我们最终无法回避和它的交锋，但该以何种姿态诉说，我需要和90后诗人一起寻找这个答案。

**五、到目前为止，90后诗歌有没有创造出超过一般"好诗"标准的、真正切入历史和变构传统的重要文本？**

现在回答这个问题会不会为时尚早？一首诗能够被时代锚定、选中，成为被普遍接受的关于当下的精准表达，有时甚至需要几十年的跋涉后才能回过头来看。我和90后的大部分写作者，自身都受到社会发展的裹挟，时代越发变得不可规避，诗歌的视角也就越发受到局限。尽管评说是留给后人的工作，诚实的诗人对自己作品的永恒价值也都不大有把握，但仍要努力锤炼言说的勇气和自觉的前卫，以"尝试和失败"的方式找寻自己的道路。我很喜欢90后诗人越槟的一句诗："那么多等着被射中的点，只有最寂寞的那一个才能成为靶心。"用来回答这个问题，应该也是恰当的。

**六、相较于前辈诗人而言，90后诗歌与网络传播环境的关系更为紧密。对此，您如何看待？**

网络平台（如豆瓣、微信公众号）是90后诗人活动的主要阵地，这种传播方式也使得诗歌生态变得越发平面化。在刊物、作家协会等官方层面的衡量标准之外，诗人也可以通过大众媒体的力量完成自我生长，诗人的角色被祛魅。一方面，通过网络这种便捷、高效的传播途径，一首诗可以更快抵达属于它的读者，速度和深度完成了彼此间的抵消。另一方面，多媒体技术使得诗歌可以与其他艺术形式进行互动，可以在一篇推送中插入音频、绘画，或者其他的视觉效果，纸张对于诗歌的呈现限制被打破。诗不再是被经卷典籍和知识分子守护起来的秘密，而成为艺术舞台上的一分子，我很期待这种传播途径为诗歌提供新的可能。

**七、就当下而言，您认为90后诗歌是否还存在一些显而易见的问题？如有，是什么问题？**

"问题"有时也能成为"特点"，并不包含价值判断的色彩。像前面曾经谈到的内倾化的趋势，加之词语和修辞的诱惑，它像在不断饲养一只叫作"自我"的野兽，稍不经意便可能遭受反噬；当然，不乏伟大的诗人以身饲虎，最终和野兽同化，强大的自我也足以造就一位诗人。唯一能让人保持成长的，只有反思，不断回过头检验自己这一时期以来的观念、立场、技法，经常性地让自我处于待完成的状态，不惧于拥抱更丰富的可能。当然，每一步开拓也要求写作者具备相应的洞察与善意，像聂鲁达说的那样："我相信通过艺术创作的任何语言、任何形式、任何立意所表现出的个性。但是，胡言乱语的独创性是一种时髦发明和竞选骗术。"

张雪萌，女，2000年生，河北石家庄人，广东暨南大学学生。作品散见于《青年文学》《星星》《诗歌月刊》《作品》等刊物，出版诗集《猎夜歌》。曾参加《星星》大学生诗歌夏令营等。

作 品

在心里藏下众多河流带来的秘密
写作与生活的敌意从不曾间断

## 谈 话

古 轨

深夜，我们喝酒到一半
谈起了消逝的事物
谈到这片土地上
逐渐稀少的庄稼
和蔬菜
谈到鸟类
红嘴鸦，水鸟，黄鹂……
你说小时候
在庙梁
碰到过一只黄鹂的尸体
你说你当时吃着一块雪糕
刨了一个坑
把黄鹂埋了
并把雪糕板插在土堆前
你说你当时暗想
多年以后
这只黄鹂的坟墓
是否还在
说完这句
你不好意思地笑了

**古 轨**，原名顿静文，1995年出生，宁夏固原人。

# 也 许

**康宇辰**

也许我们做过的好梦都会醒来，
山峦不曾动过，城市秩序井然。
也许我们搬不动前路最小的石头，
人生总有那种为高亢买单的时候。

我走在落日大道，我也想画下：
我们的天是晴朗的天。冬天里
除非发明一座房屋，心上人彼此
都没有去处。也许蓝天洗净。

也许阳光温存，温存如我想象，
能替你拂去眼中的灰尘和荫翳。
世界已经上了发条、上了闹钟，
那造物的白昼，我们必然服从。

也许温柔的不过是心灵的债务，
也许我们的书写仅仅诓住了自己。
在变迁风光中让人迷路的年龄，
你是云彩变幻，成为风雨如晦。


康宇辰，女，1991年出生，四川成都人。作品散见《诗刊》《钟山》《星星》等。曾获复旦大学"光华诗歌奖"，参加《诗刊》社青春诗会。现任教于四川大学。

# 对着镜子做发声练习

**谢健健**

再也找不到和我如此一致的人了
除非对着镜子做发声练习
一这么想,镜面大的阴影便笼罩着我

那个躲在镜子里的人
只和我对好口型,不出声
试图以长久无声,胜过雄辩术

镜子里有如此多的我
镜子里有如此多的沉默
它们拼接成阵图,构成灵魂的震荡

再也找不到多余的话了
面对寂静我满心欢喜——
语言停止的时候,诗开始了

**谢健健**,1997年生于浙江温州。有诗发表于《江南诗》等。曾获野草文学奖、诗兴开封国际诗歌大赛奖等奖项。

# 允　许

田凌云

我允许你靠近那些用骨头行走的人
允许你向月亮退回自己
出自星空的尊严
允许你做一个被万物喜爱的小丑
允许你一次性吃完一生的粮食
我更允许你有大海的自由
在心里藏下众多河流带来的秘密
允许你，在绝望中
像我一样，爱上尘世所有渐渐收缩的背影

**田凌云**，女，1997年生于陕西。诗歌见于《十月》《西部》《扬子江诗刊》《诗潮》等刊物，著有诗集《白色焰火》。曾参加"十月诗会"，《星星》大学生诗歌夏令营等，曾获陕西青年文学奖。

## 雪

**康 雪**

雪必然是,从高处
舍弃
从低处,抚慰人心

雪必然是婴儿、泪水、他日重逢
雪必然是
你
是人间配不上的爱和失去

**康 雪**,女,笔名夕染,1990年生,湖南新化人。有作品发表于《人民文学》《诗刊》《十月》《长江文艺》等刊物,多有获奖。

# 世俗的爱情

## 张小榛

我把手机里每一个联系人改成你的名字，
然后低下头抱着它亲吻。
这样在其他人看来，我不过是在玩手机而已。
橘子剥开流出汁液；有的爱人没法想念。
我在空无一人的楼道里呼唤你。
我写算法计算你，我雕刻你成独木舟，我已二十一岁。
生命的消逝迫在眉睫，像每天的待办事项。
盖满穴位的橘子，埋在馥郁的黄昏之中。
好了，现在手机没电了。
没有什么能打扰我赴江边折蜡梅的计划，
除非后悔的事情发生。

**张小榛**，沈阳人，生于1995年，毕业于武汉大学。作品散见于《诗刊》等，有自选集《机器娃娃之歌》。

# 早上的地铁

胡 游

地铁里都是上班的人
车厢过道里的人群如密集的树林
鸦雀无声

那些站名只是站名
并非人生目的地
有逝者下车，又有逝者上车

坐着的人如结满穗的麦子
低头昏睡
他们还在做梦，从未醒来

胡 游，女，1994年生于湖南湘潭，广西民族大学传媒学院研究生，湖南省作家协会会员，南京市"青春文学人才计划"青蓝人才。诗歌散见《人民文学》《诗刊》《作家》《扬子江》等。

# 爱

## 予 望

年迈的老虎渐渐走近我
他磨他的牙齿，嚎叫
他在空闲的时候不曾围着世故打转
他对语言感到紧张

看。我身体弯曲的弧度
像不像他打猎时左手支起的柘木弓
我看见他常年把玩一把
牛骨弯刀
苦涩的力度让牛骨把出油

我的早熟
使我震栗于老虎一闪而过的
牙齿。多么锋利
你年轻时用它
几乎咬断我的脖子
是否咬出了诱人的清香
我想得到你野蛮的对待而且
对我说

是
以某种中年禁欲的口气

予　望，女，1993年生，原名詹紫烨，湖北人。

# 分身术

## 任如意

恨不得在角色扮演里分身
做温柔的女儿的同时，也当体贴的女友
两种宠爱，一齐收入囊中
不辜负精心熬炖的鸡汤，也
得到甜腻的蛋糕。分身术
每周使用一次
假期，有效时间要延长
不用冥思苦想
在平衡木的两端摇摆
站到中央。左半边身体向左走
右半边身体向右走，分别成为
完整的我，面貌相同，性格相同
一个奔向海港，一个手持玫瑰

**任如意**，女，1995年生，云南富民人，云南师范大学研究生。作品散见《星星》《中国诗歌》《边疆文学》《滇池》等，曾参加《星星》大学生诗歌夏令营、《中国诗歌》新发现诗歌夏令营。

# 原来她也会忧伤

**覃东院**

她的手挂着今天采摘的野花,残体在白色的墙面
投下破败的阴影,反抗外面的日子
生活就是飞鸟走后,风独自送走树上的每一寸
有了蜷缩的躯体蹒跚走失,满身的活泼一瞬下降
我想她一定很寂寞。我说,孤独
她就走来了
风大的时候我想嫁给你,她肉体的表面是美好的
一株白色雏菊的表面是好的,像我一样
医生握紧的钳子夹着肉体,好了之后,我坐在窗口
看飞鸟送走树叶,原来她也会忧伤

**覃东院**,女,1995年出生,广西东兰人。作品散见报刊,曾获"包商银行杯"全国高校征文奖、"双十佳"诗歌奖提名奖等。

# 家门口的陨石店

吴雨伦

新家楼下开了家陨石博物馆
用于陨石拍卖

冰箱大小的褐色陨星
穿越数千光年
飘散着
宇宙浮尘的
尸体
被标出了180万元的高价

它的兄弟
被分割
做成翡翠镯子的
星之碎块
标价2000元

**吴雨伦**,1995年生于西安,美国萨凡纳艺术大学硕士研究生。已出版长篇小说《巨兽之海》,电影剧本《肥常烦恼》入围第九届国家新闻出版广电总局"扶持青年优秀电影剧作计划"。曾获长安诗歌节《唐》青年诗人奖、《新世纪诗典》NPC李白诗歌奖入围奖、磨铁读诗会年度中国十佳诗人奖、"包商银行杯"全国大学生征文大赛诗歌类奖、韩国"亚洲诗人奖"新人奖等。

# 降　临

## 曾毓坤

我们曾经像风暴
环聚在山顶
月晕与炭火中
我们是老友，啄食
烤肉与啤酒
剩下的宁静
我们是自己的节日，是
节日中自为目的的
节目与赌局
我们中间
有沉默的师生，待建的废墟，旁听生与田野调查者
这一切
正沿着环山公路下降
无论是节庆后的倦怠
还是磨脚的石板
抑或冷漠的杂草与星光
都不能阻止再生者此世缓慢而必然的旅程
和旅程中被动且自由的宣导、切问与高歌

我们涌向山脚的村庄
我们互为灵验的洪流
我们祈雨而我们降临

**曾毓坤**，1991年生于江西赣州，曾学习测绘工程和心理学，现为芝加哥大学人类学在读博士生，公共人类学平台"结绳志"主创之一。

# 喜 鹊

## 桴 亘

在蓝绸缎上飞翔,身下
林木如蜻蜓、如池水倾覆于我。

清风、日光,突如其来地晃荡,
让我幻化成了人形。

学习烧炉火、端茶,甚至还要
强撑笑靥,做个让人适意的喜鹊丫鬟。

也有快乐的日子:撷茶、听戏;胭脂有甘草的甜。
我尽力按住体内欣喜的翅膀,如缤纷的雨。

衰老的日子很快,仍旧依从喜鹊的速度,
脸颊渗出的老年斑,是欲坠的姿态。

黑夜是可怖的:一把多齿的锁
旋不开呼救的通道。

我熄灭了如豆的灯火,窗外的野径
分岔如翻飞。

体内欣喜的翅膀破茧而出。
我尽力按住再也无用的手臂,如缤纷的雨。

**桴 亘**,1995年生,浙江海盐人。

# 雨天书

## 程 陌

雨天，他写信，写窗外的雨，
写在雨中撑伞，小心翼翼
躲开水洼的行人。他写远处的山，
写山上郁郁葱葱的树木，写树上
避雨的云雀。写到这里，他突然
停下笔，想起已经很久没有爬过山了。
以前爬山的日子，天气总是很好，
有阳光，向远处眺望，还能看见
海面上划船的游客。爬山的日子
已过去很久，天冷的时候也只能
待在房间，坐在靠近暖气的位置
读书，有时候喝一点茶水，每到夜里，
记忆便清晰得惊人。天气回暖后，
他脱掉厚重的棉衣，开始写信，
听窗外，连续数日的雨声。

**程 陌**，1996年生，爱好写诗。

# 琅勃拉邦

**何浩楠**

折断的蔬菜、柠檬汁和盐
贪婪与淳朴，分别汇入湄公河
除此之外我还担忧着，阴影中发酵的话语
心中跳动着年轻的过错
我下跪
面向普西山
我对木头、黄铜和金漆的真诚
更胜于我对我自己

夜市上我叫醒了一位缝制鬼的婆婆
她缝合自己的父母、姊妹和丈夫
我看到了她父母的新婚
顺着水流
沉到了湄公河的河床
我好像看到了我自己，也是这样

辣椒、咖啡和杧果
所有不值钱的织物，包裹粗糙的脚掌
和所有夜市上的婴儿
没有冬季的南国，无力
又挣扎不开贫穷的命运
琅勃拉邦骑在两轮的自行车上
四处向游人询问
佛塔、瀑布和石窟

**何浩楠**，1994年生于云南耿马，现生活和学习于法国巴黎，艺术家、研究者、诗人。

# 迷航书

## 洪家男

Ⅰ

四月,阵雨离开地面,水泥被铁器排除
它苏醒,张开虎纹,变得蓬松
("我只在水中孵化。")

Ⅱ

就用二十步(一棵多年生乔木背离自身的距离,
一个名字在环形句式中延宕的周期)去重述
橘黄色公路,雌鹿翕动的唇齿,或

我在衣裳街在青石板尽头的河岸
所见你饱啜黑夜汁水的长发,将满月掀开

Ⅲ

可深巷已空。能抵达的,只有多余的积雪(当日它落在你的眼中,你便使它消融)

Ⅳ

洪水在退。那是昨夜,双层被褥摩擦的节律,脚趾转动,女人的呼吸,潮汐力的式微在信中
逐一具现(它写在墙上透风的裂隙,不曾落笔便被寄出,像我的皮筏出海不久,便已搁浅)

## V

"最后的爻象是横陈街头。"
窗外的硕鼠因而卜知一切。它曾是贫民窟的好男儿,写蹩脚的诗,
从渔人码头乘飞水东渡,演奏使用六根胡须

## VI

("明月挂空枝,雨声似马蹄。"它经过你,也曾伸展背部的沙丘。在暗处它嗅探你,但
巨大的灯光将它碾过。)

**洪家男**,诗人,插画师,独立游戏制作者。

# 秘 密

## 徐 晓

别给我光环，耀眼的事物都太短暂
别给我赞美，我无法辨别真伪
别给我爱情，我贫瘠的心田开不出你要的花朵

曾经我喜欢从荆棘中寻找满身芒刺的自己
曾经我不懂生与死的界限，以为活着是一种负累
我在白天走失，在夜晚把自己找回来
很多年之后我才看清自己的弱点，说服自己
原谅这千疮百孔的世界并
把它当成一个人的哑剧场

如今在生活的舞台上
我自导自演，一个人哭泣或欢喜
再没有什么喧哗能惊扰我
从东墙到西墙的距离，那株怒放的桃花
藏着我全部的秘密

**徐 晓**，女，1992年生，山东高密人。首都师范大学博士在读。诗歌散见于《人民文学》《诗刊》《作品》《星星》《西部》《延河》等文学期刊及各种选本。发表有长篇小说《爱上你几乎就幸福了》《请你抱紧我》。参加诗刊社青春诗会。出版诗集《幽居志》《局外人》。曾获第二届《人民文学》诗歌奖。

# 江心洲观鹭

兰 童

鹭鸶的辛劳我们不懂,它们的快乐
却不吝分享。我观察其中最该被
观察的一只(没有缘由)。我甚至
都不用眼睛就可以感知到它
或者说,我用眼睛望到的它
还需要心灵和细节的配合。鹭鸶
从来都不缺少细节。它没有缀句的转折
令我羞愧。我知道在写诗时和捕鱼时
我们有相同的发动机。令人更加羞愧的是
于我,写作与生活的敌意从不曾间断过
我的警觉与出击时时刻刻干扰我
而它却可以随时成为散文的一部分
在江边悠闲地散步,撩拨水花
如同撩拨衣物,并嵌入我们
采摘葡萄时依然紧收的喧哗

兰 童,本名韩帅帅,1992年生于河南周口。作品散见《钟山》《扬子江诗刊》《星星》《青春》《诗建设》《飞地》等。现居南京。

# 等候台风

## 韩 藕

即将有台风来的夜里
我们躺在床上打开电台
温软的女声像橘子果冻
是另一种想要的安静

薄纱的窗帘飘着
透出一点迷茫的光
在没有多余声波的宇宙
有一叶小舟带身躯飞着

如果安卧此刻的水域
像认识了好多年那样平躺
如果不说话就能感受心意
人与人之间的界限是什么

台风的试验又算什么
黑夜开始涨潮
你随手关了电台
留呼吸声浮沉在漫漫的海里

韩 藕，女，本名汪楚红，1991年生于安徽黄山，现居南京。

## 歌

### 马 贵

伊兰卡有着
凸出的颧骨
和闪电一般的歌声。
戴着鹿骨打磨的
簪子,她的声音
唤醒月光的尖锐。
无人能唱出那样的
战栗,像山鹰
盘旋在漆黑的山丘上。
她唱,石蕊遍地
死亡的音波穿透
勒拿河水和浴血的记忆。
她的挽歌拥有
猞猁尖耳的形状,
如同塞壬,使信念沉没。
情欲拍击岩石
像卷舌之后的
摩擦。伊兰卡
她的名字从
黑暗中射出猩红的光

**马 贵**,1991年生于甘肃定西,现为中国人民大学文学院博士生。

作  品

喑哑之声沉进水波的年轮
大地分离出新的秩序

## 寄往早寐地

### 致 水

这些都呈给你。仍未降落的高地,
贼样的微雨,平行黄昏下
餐厅里的初次谋面:阴冷袭人,
扣动门缝,又被暖气流撕裂,时时提醒
我们的局部,久为蛰伏者所牵引

迷雾正入境,对坐的人们患难而发甜
掩映着云天。为晚灯支付后,
抹脸,踏步,胜似归来。
他们溃散间,我逐渐输掉了远
果品叮咬每人的发问,概括出
这烫手的一日。四周满是静物
像树。或掉漆的铁栏杆,让人倾心于

醒。你腾出一些紊乱的空间
以便我熟练那些动作,凝视着打听
不久前伴我的一个。隔桌如入笼
密林外,他们交代的色彩串通一气;
你点烟,仿佛试探着杯底
众多泡影怎样摆出摄魂的圆阵。
我站立并领取,你赠予的又一次
站立。却已面若梧桐,当雨幕
渐次化解远人的足跟,催促着夜

谁来负责,为我们浩渺的心?
既然世间已废止一切呼喊。
而总有一双眼,由那被迷雾教导的
另一双来照看。你栖迟深处的枝丫
将在你额前为你纺织一名伴侣

叫这晕眩的雨,也懂得严守时辰。

致 水,1995年生于四川内江,毕业于重庆交通大学桥梁工程专业。曾参加2016年《星星》大学生诗歌夏令营,获第二届元诗歌奖、第七届光华诗歌奖、第四届南方进步诗人奖。

# 玉佛寺

**马暮暮**

这个星期天人多如锦鲤因为又到了初一
人潮令他们陌生，伴着心悸
她用右脚跨进了右殿他进了左殿
以首叩地时是两个对称的半圆

绕完一圈，太热了，她捋着被汗水
黏住的鬓发。十一月。异乎寻常的好天气
人们被恩泽浸泡着，抢着把手中的香
扔进熊熊燃烧的香炉，批量生产

焦虑的灰烬。她有些不安，在火的背面
用目光搜寻他挤入制造功德的人群
当他花了足够久的时间排队、跺脚、叹气
他们俩的名字终于赫然并列在名册上

玉佛的手指柔顺地下垂。她被巨大的
网一样的宁静俘获，这一刻简直要失声
"死亡跟骰子一样，都是可以选择的吗？"
他们的掌心合着同一个人，那个人的黑色喷泉

淋湿过他们。一个月前他还以兜售廉价
文字为生，她也只专注于无伤大雅的恋爱
他们曾跟星期天的人群一样冷漠，偶尔行善
直到龃龉的影子撕毁了他们的纸张

锦鲤攒动，他们繁忙着重新拼贴庸常
买不起最小的莲花灯，甚至投不进许愿币
离开是傍晚时分她往北坐地铁他往南
他们做了一天的亲人，以后也将如此

**马暮暮**，本名马故渊，女，1992年生，浙江诸暨人。著有个人作品集《长耳朵的童话》，与人合著诗集《越界与临在：江南新汉语诗歌12家》《在复旦写诗》《复旦诗选》，作品散见《诗刊》《天津诗人》《小说港》《萌芽》等，曾获第四届光华诗歌奖。

# 救生员

## 米 崇

当泳客溺入自游的旋涡,他便如勇敢的兽
扎进危险、上岸,稳稳地衔回生者的安全

是规整的池壁,也是端坐四角温热的双眼
于夜晚,托起了浪花的浪漫,像水只会是

跟人游戏,像音乐,播放有条不紊的和谐
直到闭馆散场,手机屏物联的相机给家乡

扫描另一种浑浊水深——人祸横流原野间
窒闷的呼叫触不到痛苦伸出的耳朵,巨腕

生锈,死寂挡开一万只异乡的远手,决绝
如曾经未败露的承诺,以张挂的进步锦簇

蛊惑他安心的出走。海岸线揽下年轻的血
他踮脚环顾四方的世界,直到跳荡的远目

经停过他方,才迂回中看到此岸从未停止
沉落。黑夜里朴素的兽,咀嚼时代的龃龉

没有懦弱的虚无,却也被重锤击打,死陷
思虑的泥土。多少次,像个妄人,他爬上

轻盈的救生梯，意图从正义的更高处归去
但时局如谜，草纸上只有草芥孤绝的答案

猜想中飞腾而入的火海，注定是葬身之地
无从隐逸的兽齿，亦无可升作逍遥的翎羽

**米　崇**，1993年生，江西南城人。作品散见《飞地》《诗刊》等，曾获中山大学研究生新诗奖等奖项。现居上海。

# 雾（外一首）

## 莱 明

玻璃雾：轻盈又隐隐可见，
像火的重聚，不带掩饰地、庄严地自我袒露；
卷起，复又展开，不过是再次显现，
将白色注入体内——赋予形。
它就是此刻的中心？一天，我从码头来，
看见自己是雾的形象，
（静为雾骨，动为雾足）倒挂在
船角，聚集、反复：凌空的天性
被光线擦亮。瞧！一次尝试
雾却改变着自身。它就是在那儿的事物。
易碎，但精于修复。
变形，为每一双眼睛识别。
如一位诗人写道："我重又找回我身边的面孔。"
雾让我沉静下来。仿佛那里真有一个静的中心。

## 岩石肌肉

从其底部升起，在空气泡沫翻涌的堤坝，
沿着歧义的路自我循环。它是镜子，
任其有限对抗着空间的无限。
——多么富于想象的举动。
雾折叠着行进。风鼓动
泥土的帆，冒险在临海的
树的悬崖下。

半个海斜插土里,一片雪白。
不必风暴,不必引力,
雾落在飘忽不定的奇迹上。
——它赋形,"借助于真实的凹凸不平。"[①]

**莱　明**,本名蒋来明,青年诗人,兼事诗歌翻译。出版有诗集《慢花园》,译介有约翰·阿什贝利、尤瑟夫·科蒙亚卡等诗人作品。曾获未名诗歌奖(2017)等文学奖项。现为美国南加州大学博士后学者研究助理。

---

① 引自苏佩维埃尔《万有引力》。

## 观　鹅

### 万　川

在水中，有时不在水中，
远观它们反复的生活，
终日游走于网的边上。
每一个午后，它们上岸，
抖落湖水与乡愁，日光
便从那些迟钝的瞳孔间老去。
喑哑之声沉进水波的年轮。
它们早已忘记祖先的优雅，
频繁在菜叶中翻捡明天。
剪去飞羽后，日子过得像
一段中年情，不奋不惑。
更不要说倒映在水面的形影，
一个猛子，就钻开一把身体的锁。
如果梅花落下，天空便再次远去。
没有敌人，也不必爱惜羽毛，
空白在它们沉重的肉身上蔓延，
度日总是一种习惯，生来不朽。
偶尔，它们也会游到最远处
振翅，昂首，照一照镜子。
教学楼刷得洁白，人群涌出，
在水中，或者不在水中。

万　川，1993年生于江苏连云港，上海大学古典文献学硕士。曾供职于上海季风书园，曾获有北方工业大学"齿轮诗歌奖"等文学奖项。

# 咏怀诗

## 炎 石

如旧时王谢堂前
的几只燕子

平常见。美法精酿的啤酒
滑入古城的喉咙

杯中泡影里的
山和岳,滴滴如闪电

如此生活三十年
爬一座山会比爬一座六层的小楼简单

直到街角的便利店消失
骑共享单车去北京找一瓶水

炎 石,陕西山阳人,现居西安。

## 静　物

叶　飙

没有痛苦，没有杂念，
水，纯净、透明。
当它倾心椰汁，变得甜，
当它遇到咖啡，变得黑。

口罩是浅蓝色。
被舒展，挂着呈现出弯曲。
它还有一点通透，
屋内的空气没有感情。

一阵风从窗外吹来，
世界转过紧张的脸，
太疲惫了。那张脸伸出了舌头，
轻轻舔过窗帘。

**叶　飙**，1994年生于安徽，现居北京。

# 春分曲

张铎瀚

昨夜我看月亮，会想到
你，就觉得月亮又干净
又灰蒙蒙。收到你信
那天正是春分，客厅里
播放着1958年版的
《楢山节考》——
山神降罪时，幽粉的
天空在村民脸上迫降，
真是好鬼浪漫。
没人敢真正"告别"，
大家都企图再见。
道别的话虽带有一了百了
的况味；重逢
和初遇却不像是两样东西。
击鼓声听绝，还觉得闷。
如何拥有和睦的心肠呢？
人说春分万物生，可
没有下雨。新闻里
乍到的雨寒足以冻死热带
深处的一村人，
季候里，代代人
也就如此被折叠
——春天在哪里？

而所幸日月皆向晚
玉兰花在昼一半，郁金香
是夜一半。

**张铎瀚**，爱好写作，艺术工作者。辑有诗集《祭园田者死》与《法戏乱国钟》。

# 六月末行迹：大峡谷，雨中的飞翔

## 杨万光

甚至在上山之前，就有了飞翔的错觉
大峡谷的雨在午后准时到来
这意味着你必须重新披上那些彩色
或者上山的路径只有一条
滚动的细碎石子，雨滴和一些难以分辨的声音
浑浊如树叶，被击溃的绿——退往身后
然后空气轻盈，潜游的太阳
憋住最后一口呼吸努力搏斗，你看见
一只血红的燕子直奔天际穿透乌黑的云层
更多的风，从石间的缝隙抽身而去
它的鸣叫愈发清晰，阳光再次洞察了生活
像腾空而起的水雾，抚摸石头就可以想起海
想起一生的群山在手中如何完成了衰老，以更慢的脚步
倾听大峡谷传回声响，传回远方亲族历经风暴的问候
等你再度归来，品尝一颗李子应有的苦涩

**杨万光**，20世纪90年代出生于湖北恩施，南京大学文学院博士在读。

# 杏

岑 灿

杏,本是一种荒废的屏风
杏,本是一种酸楚的蘑菇
小黄昏推来灯影,轻扭着仙鹤的丹田
高挂于头顶的果实仅属于多肉的妙喻
而妙喻,岂不正是优雅的妙玉
优雅如同一只肥胖而细心的蜜蜂
告诉我,谁愿意将井中鲜花捞起
像游遍春日最后一位踏青的客人
而踏青的客人要喝格物的酒
而踏青的客人要偷宁碎的玉

岑 灿,1995年生于贵州黔南,喜欢写诗、念佛、游戏。

# 在人间

## 童天遥

凤凰树躺在白云上
鳄鱼住进老鼠洞
蟋蟀得意于它的逻辑
河水流经万年
尘埃将时间还给时间
一些人死了
但不留下凭据
午夜时分
大地分离出新的秩序
一个悖论走在自由左边
一匹马与诗人为邻

**童天遥**,女,90后。著有诗集《小孤山》,翻译有长篇童话《绿野仙踪》《柳林风声》等。现居泰国清迈。

# 仿佛被自己深深爱过

## 周文婷

思念高过头顶,开始变得温柔
身后燃尽的白昼,越来越容易动情
我所有干渴的声音,被泪水
滋润出一段又一段

直到,那些弹尽又粮绝的爱
找上门来,我才堵住
好事的风说着我如何绝情

犹如飞禽和走兽,我看见自己
腰身。有几根骨头快长出来了
——紧抱着灰尘
仿佛被自己深深爱过

**周文婷**,女,90后,陕西靖边人,陕西省作家协会会员、中国化工作家协会会员。作品散见《人民文学》《诗刊》《诗潮》《延河》《延安文学》等。曾参加全国青创会,曾获陕西省大学生文化艺术节诗歌类一等奖。

# 下雨天

## 徐 全

有些东西,是无法从十六楼
扔下去的,她不信
或者说她正是因为相信了
才把自己扔下去
把秘密扔下去,把因果也扔下去
留下了四岁的女儿和酗酒的男人

路过的人行色匆匆
雨也开始淅沥地下起来
从高处往下看
能看到人们撑着伞
伞撑着雨的景象

**徐 全**,笔名闲茫,1995年生于贵州赫章。作品散见《雨花》《诗林》《星星》《诗刊》《飞天》《诗歌月刊》《中国诗歌》等,曾获野草文学奖、江东诗歌奖·长三角地区青年诗人奖、刘半农诗歌奖等,曾参加《星星》大学生诗歌夏令营。

## 紫薇赋

吴子璇

雨季结束了,天气凉爽
云雾中一树紫薇潺潺
在日暖的午后,粉红得
像春天一片淡淡的云彩

"清风动处有佳人"
感谢你敞开的静默
小径般闪耀的诱惑之境
我的身体如海水般扩张

湍急的云朵
一棵开花的紫薇树
在那弯弯的雾气里
小于孤独

**吴子璇**,女,笔名丢丢,1996年出生,广东汕头人,广东省作家协会会员。作品散见于《诗歌月刊》《诗潮》《广州文艺》及各类年选;著有诗集《玫瑰语法》、长篇小说《人间芳菲尽》等。

# 活 着

**陈袁媛**

大雾浓烟
站在中环码头
只是沉沉的海起伏跌宕
只是悠悠的船将现实抽离出人间

如果城市是一头巨兽
人心被啃噬

是目睹这一切的人更幸运
还是深陷其中不自知的更幸运？

也许你觉得波涛汹涌是归宿
而人世间，有几条船
不是从此岸驶向彼岸？

一切来去都短暂
驻守岸上是否明智过漂泊的旅人
在汽车尾气的热浪里
你是否捕捉到了一点安宁
一点溺水之后的喘息

什么都别说，别说
让精致都附在金丝边框眼镜上

让优雅裹满裙角
让潮流的涌动席卷追风人

而荒芜,就让它生长在世界的边边角角
在那些被遗弃的地方

**陈袁媛**,90后,毕业于重庆工商大学,香港浸会大学硕士研究生。

# 秘密，或我爱你

王彤乐

先生，一个秋天就这样结束
我牵起你嘴角的月亮
于是掌心起风，落下了
整座小山嫣红的叶

正如我们，褪去永夜的薄纱
先生，我们从春天便饲养的两只兔子
终于密谋着逃跑，两双相似的眼睛
蓄满了这个季节的雨水

你从不介意它们的离开，并且为此
提前卖掉了，满山的馈赠
这一切我都无从知晓，两只兔子
融化进了二十年来的第一场大雪里

先生，此刻，冬天正倚在我的窗边
而我正靠向你，纯白色的边界

**王彤乐**，女，1999年生于陕西宝鸡，西北政法大学学生。作品散见《诗刊》《星星》《扬子江》《诗歌月刊》《青春》《作品》《山东文学》等。

# 事

## 史玥琦

火车轰鸣，你耳语，镌刻始自镜中
面貌曾斑驳地刻在淋漓尽致的雨里
贪心地掠走，你身上的青瓦，振动的邮信

含着泪，将一丝不挂的蜡烛包裹起来
这是本来的结局。在一处宇航员失联的深夜
你吸走属于共和国度的氧，缠着秘密出离

燃烧的完整性由此打破，你揉碎身体
在每一尊神像的鼻前迫降，降落伞来自浴袍
另一面阴晴圆缺，下一列火车的预告

**史玥琦**，1996年生于吉林长春，复旦大学中文系硕士研究生。曾获江东诗歌奖、光华诗歌奖、樱花诗赛奖等，出版有诗集《走过》。

# 盲徒记事

张玛丽

身体勤奋地行动，发亮的口齿拆解人心时
一部分属于高谈阔论，一部分扎进松弛的
腰带，认真扮演各式各样的角色，那可是
从世界上彻底消失的一面。让他猜猜看吧
那些从没相信过的彩色旗帜，简直就如同
一个普通人，享有色盲的权利。要避讳地
在风景画上署名，又需谨慎于经典曲目的
播放顺序；诞出另一个相似的人，或物什
不如模仿，微弱的血脉，加以证实，有些
命运无关乎意志和信仰，是无辜的骑行者
在夜中举办庆典，指出生命兼具其他美德
正襟危坐，譬如幽魂的童真，健康的跪拜
归根结底，他说他思念人群。尚未发生的
天气预报，跨海大桥，在船舷外，一股股
再次到来，小腹的春潮安慰他凹陷的眼部

张玛丽，女，本名张莹，1992年生，山东淄博人。著有散文集、诗集，曾获全国大学生樱花诗赛奖等。现居上海。

# 低　声

## 米吉相

这样的呢喃，来自生活的边角
一个哑然的回声
在黄昏的彩带上重复

我低声地朗诵，这个世界的暗语
一点点，一点点
从左边移向右边，时间的距离
在两个人之间
归于低声，归于哑然

夜色四合时，我听到自己
来自另一个世界的声音
那精致的重复，低声的重复
一转眼便是结束

**米吉相**，1993年生于云南昆明。作品散见《诗刊》《星星》《边疆文学》《滇池》等。

# 去钟山

许无咎

必要时,钟山选择了隐身
辨析的密码在于这下车的跻身前行
不同其他游客仍与来往的车辆推演时间上的错差
仿佛一生珍贵,马背上就要看见日落
而身体内部,犹有被冲突摧残的肺腑。从此江南相爱的烟云置若罔闻
山上的台阶很少。几处闲亭的引荐,古老城墙便显现出岑寂
显现出怀揣香林路的光线,禁止垒叠的假石
我几乎能够越过他们,也越过
琵琶湖的水。而那些试图困住脚步的,却生出更多的脚步游走

**许无咎**,90后,安徽安庆人。作品散见《诗刊》《星星》《草堂》《长江文艺》《扬子江》《诗歌月刊》《清明》等,并入选多种选本,著有诗集《青筠》《远上寒山》。

作 品

以光影喂养心中的坚硬和柔软
和生活反复无常的部分和解

## 雨 后

戴 琳

雨后
层绿染尽身体
一冬的雪屑要变作柳絮，飘飘扬
从冻红鼻头变到令人发痒
玄鸟正衔来更为温软的泥，嵌入墙壁
"无坚不摧的东西是没有的"
尽管你提示
用一副还没从腊月缓过来的神情
但细小的事物，诸如想念或者别离
融进了更深的粉色黄昏
哪里的云更像携着雨，哪里
天就更重，更要躺下来
只是你要当作一切都没有发生
最好学着无视地上遗留的倒影
任走过时溅起的水干涸
我们陡峭地游进人海，任日子
在某个暖流中，摇摇欲坠

**戴 琳**，鄂温克族，1994年生于呼伦贝尔，中央民族大学研究生在读，朱贝骨诗社成员。

## 不会碎的姑娘

布　林

多想和树干融为一体，以云雀为耳
大地为声
多想成为一堵墙，任何一堵都好
一个女子的身体太可怜了
看看那些经过监狱大门的马
他们的骑手和马成为一个
骄傲的整体
而她是那样矮小，孤零零
像昆虫的一口哨
马踏过她的胸脯恍若踏过软软的青草
她频频把头没入铁蹄的回声
像某人想要哭
想要示范一个轻柔的微笑

**布　林**，女，1996年生于江西南昌。作品散见《散文诗》等，曾获中国·邯郸大学生诗歌节优秀奖等。现居北京。

# 尔 雅

## 陈十八

修金字塔透支了投河的人
全部的运气
气温在零下抽芽
你在窗纸底下缝我的旧棉袄
我也没机会穿上
天色一旦暗下来　阴影将不再挪开
像坟上一层薄薄的小花
宋朝的事情留给宋朝人想

陈十八，1991年生于浙江台州，著有诗集《少年病》。

# 有一些词……

## 敖运涛

……有一些词，蛰伏在黑暗的泥土里，汲取
水分和养料，有时是根，有时又不是；
有一些词，挺拔笔直的腰板，身披一件铜质铠甲，
有时是枝干，有时又不是；
有一些词，张开绿色的翅膀，一生都在飞翔，一生
都在原地，有时是叶子，有时又不是；
有一些词，另辟蹊径，要么发扬光大，要么
客死他乡，有时是侧枝，有时又不是；
有一些词，怀揣秘密，浓妆艳抹，
上演一出出美人计，有时是花，有时又不是；
有一些词，集万宠于一身，闪耀着玲珑，还不时泛着
羞赧，被飞鸟带去远方，被风接进大地的
怀抱……最终死掉、腐烂，从它的残躯上将长出
一些新的词……有时，是幸福的，有时又不是……

**敖运涛**，1991年生，湖北竹溪人。有作品发表于《诗刊》《星星》《江南诗》《山东文学》《草堂》《诗潮》《飞天》《诗歌月刊》等。曾参加第六届中国·星星大学生诗歌夏令营，入选由《扬子江诗刊》《诗歌月刊》联合举办的"首届长三角新青年改稿会"。居杭州。

# 一 天

## 何拦伟

院子低了低头,一只麻雀
在枣树上站起身子,喊了三声
啾,啾,啾——
天色开始变了,从一滴血
到一粒米
太阳就这样升起来了,我知道
新的一天终于来临
母亲又在乡下,把自己分成两份
一份给家务,淘米,洗菜
劈柴,熬一锅小米粥
一份给我,用微信发来视频邀请
但通常都被我拒接
她不会知道,我的一天
要和待了十六年的校园作告别
要忙着恋爱,分手,找工作
要在天黑的时候,独自吞下一场
伤亡很小的车祸
我只能让她知道,新的一天又要过去了
我还活着,有均匀的呼吸
健康的身体和红润的气色

**何拦伟**,1996年生,山西原平人。有诗歌作品发表在《中国诗歌》《黄河》《都市》《散文诗》《青春》等刊物上,曾获全球华语大学生短诗大赛新诗一等奖,诗刊社"青年之声"青少年诗歌创作征集活动银奖等,印有诗集《我在天涯,等你来》。

# 咖啡馆

**贺泽岚**

黄昏还来不及涌出夜的底色,放生多情
我们就已经先于傍晚到达咖啡馆
被命名的果汁各自安放。高脚杯里的幸存之物
咬紧一个个与生活有关的温凉,欲言又止
的半截句子再次失去了方向

窗外一帘风月闲。我确信,这里一定还预
留有离人的迷途与层叠的困惑
而我们只能以满身疲惫的雨水致意溃散的星辰
以摇摇欲坠的光影喂养心中的坚硬和柔软
再透过一盏烟波,啜饮此生水远山长

**贺泽岚**,女,苗族,1998年生,贵州惠水人。作品散见报刊及《21世纪贵州诗歌档案》等。曾参加《星星》大学生诗歌夏令营。

# 伪哲人

## 靳 朗

扫地、做饭,喝水、撒尿
超市里的特价酸奶与菜市场上的车水马龙
一日三餐,生活是如此简单
也是如此繁杂

你抱怨面包占用了爱情的时间
抱着翅膀逃离生活,生命也离开了你
一本书打开又合上的时间
跟一日三餐的间隙没有区隔

手指从第一页走到最后一页
跟菜刀从鱼头滑到鱼尾大差不差
所谓的精神世界无非是靠灵魂交织
跟水稻和玉米的杂交其实都一样

天下乌鸦一般黑,谁也逃不了
一本《理想国》不比所谓的家庭主妇指南高尚多少
一支流泪的玫瑰花不及一株西兰花更布尔乔亚
你的墓志铭也是你的通行证

**靳 朗**,本名靳文鑫,1996年生,女,山东曲阜人。喜爱创作、评论兼事译诗,诗、文、评散见于《作品》《草原》《青春》《青岛文学》《山东文学》等报刊。

# 马匹在城市边缘啃食

## 黄　金

浮土为草
自然填饱肚子的峰峦隐匿
挽鞭花的牧马人在城市扩建的口舌里吞吐

自要流下坚硬的骨头来
在高速路边啃食的大宛马
昂首一声屈天喊
厚土经不住喊声与层积的灵魂踩踏

更是无须植草
更是无须奔跑

**黄　金**，90后，编辑。现居乌鲁木齐。

# 一个人

小 玖

室外搬来新菊花，雨就干了
过路时，它清晰记得，
我会绕过水塘，藏起麦子色的
花片。你来了多次，
和你没来一样，我从没有像
等某场风那样等到你。
你可能也漂洋过海，寄宿在
狭窄的记忆中。二十年
我纠结湖水，怎么成别人的
眼泪。补救的，模糊的
又一个拥挤的盆栽。雨水，
动动就走了，每次我都更为
清楚，一个人在空无的世间，
总要，丢弃某些事情。

小 玖，女，原名邝启艳，1999年生于云南昭通。山西师范大学研究生。

# 身体里有一座楼

陈壁纯

但没有电梯,只有五层
每一层都没有门
我将所有楼梯都折叠个遍
它们都住满了人,
有老人,孩子,情人,朋友,动物也有
扶着楼梯,望着拔地而起的土
你从哪儿来,没有门窗
你从哪儿来,每层楼都在降落和上升
而听听恶徒吹走的这个阳台吧
许多年了,总有姑娘将情事伸出来
从墙剥落的皮肤伸出来

**陈壁纯**,女,1995年生,广东普宁人,韩山师范学院学生,韩山师范学院创研中心驻中心校园诗人。曾获潮州市原创文学作品征文大赛散文组一等奖,全国大学生文学作品大赛一等奖等。

## 洛神考

应 彻

### 1

冻云,或不动明王
见山得山。我们笑着拜服
青神话、蓝神话、牙线精灵
彼此裹挟像另一个劣等修辞
那抵足而眠的人
相拥却不泣的掮客
险死还生,但终究还算活着

### 2

确信鹰雀会在午夜起飞
之后遂无事。疲劳或可度众生
假笑亦然,在重霭后抖落
八面玲珑。而窃喜与被窃之喜
毕竟两码事,我往深空掷一粒骰子
地底就传来两种回音

### 3

难道你是我旧识的蝾螈?确乎
无人能给出更精确的干燥。
出于现代用餐者的自尊,她不能
将抱怨转译为汉语,便自学
英语、法语、世界语、上海话
"我也渴了",毫无征兆的灭云术

伞为雨水旋开十面歧路

**4**

赠我以龟壳吧。拟真祥瑞
或者乡愁造影。总之也不会更
惨淡。"一月中旬,他从耳机线里
解放自己,并习得一种新的上吊手法。"
其实干净的交换并非难事。漱口与
剔牙,有时就和吃药是一样的

应　彻,第三届上海市中学生诗歌创作大赛现代诗组一等奖得主,现就读于华东师范大学。

# 归去来兮

**朱慧劼**

在寒风的背面，阳光往回处溯。
可回到哪里？井深八年，回望处总是秋天。

野鸭或者水鸟，飞禽尚未为我命名。
波纹推着波纹，一块石头换一块宁静。

种下会发芽的语词，这里就是你的。
芦苇摇摆做你的军士，丹桂开花能歌善舞。

你可以在此度日，愿秋冬季节如度年。
但是你必要在春天离开，因你选择顺从。

**朱慧劼**，1991年生，江苏省作协会员，社会学博士，高校教师。作品散见《人民文学》《星星》《钟山》《扬子江诗刊》《诗歌月刊》等；出版有诗集《他乡与故乡》。现居南京。

# 武夷山日出

## 张 元

夷山观海，旭日从黎明中升起
恍如东方明珠，日头向北
过群山峰顶，由金黄渐至火红
这每一次的上升，都是八万里海面
跳跃的音符
是残酷的死亡，在水中
不时浮出惶恐的波纹，也是七千年的巨龟
正在昂首

明亮的光照撕裂了暗处的往事
我所看见的永恒，在夜里
九九八十一次磕头

要打探出树叶的前世，让积累的叹息
拼凑出完美的经文
要在宋词的哀悼里，发现柔情的草丛
我不敢再言语了，怕声音一大
就有美好
陪我一起，忘情地温柔

张 元，1994年生。作品散见《诗刊》《当代》《北京文学》《中国作家》等，出版个人作品多部，曾获《奔流》年度文学奖、《时代文学》年度文学奖等。

# 风雨夜归人

李富庭

凌晨的夜色太重,聚成一场大雨
我伸出手,想接住下沉的夜
却无法阻止,身上的衣物
成为雨水的临时收容地

然而,我们必须接受所有
已经发生或者即将发生的一切
灯光在雨中愈发朦胧
许多事物变得黝黑,充满秘密

比如说,那些匍匐的石板
最终通往哪里
我们称之为路的路
像一条河流,蜿蜒,流动

我知道,雨总有停的时候
但守夜的人仍然要继续守夜

**李富庭**,1994年生,瑶族,广西金秀人,广西作家协会会员。有诗歌、评论见《民族文学》《星星》《诗歌月刊》《中国诗歌》等,著有诗集《第五季节》。

# 折　纸

曹琪铭

我痴迷于收集声音
情话、谎话、真话
——尽收
放在匣子里
让时间压着它变扁
饱满的汁液榨干
像是放出血液，留下纯粹
在夜里
我将耳朵交给它
像一个女人在倾听
折成纸的声音也因为哭泣
而忘却飞行

**曹琪铭**，女，1996年生，瑶族，广西贺州人。作品见于《红豆》《散文诗》等。广西民族大学文艺学研究生。

## 梅 亭

阿 海

你垂落,你有了新的幽灵
此间有多少如你的亭子
未收回飞出的燕子
咏物尚在桌面
花红柳绿尚不懂情欲
你打开这扇门
梅花就不再见你
你若有缘和我在小径
这远比无人迷人

阿 海,90后,毕业于华中师范大学。现居兰州。

# 听 雨

牛 冲

早晨的雨降落，一次次撕裂
体内悬浮的星辰
我们无所事事，互相指责
谁的人生更为失败

夏风卷起我们干枯的沉默
焦虑，向谁诉说，谁会听
浪花的抵抗终归虚无，一朵朵
低垂的阴影，像一个个美丽的句号

牛　冲，1991年生，河南周口人，河南省作家协会会员，河南省诗歌学会副秘书长。出版有诗集《走失的梯子》，曾获骆宾王青年文艺奖，《攀枝花文学》年度优秀散文奖等。

## 拍摄的艺术·给兆军

王顺天

你按下快门
记录此刻的真实
被美颜的,被剪辑的,终将
被遗忘。我们忠于年轻的修辞
而河水奔腾不复
无人在岸头独坐

"抽一根烟吧,
缓一缓再上路。"
你放下三脚架说
其实,也没什么风景可拍
面对这空荡的春风
那些年幼的小草并无雄心

快门闪过
镜头下,我们需格外谨慎
过时的爱也将被标注日期
一切荒诞如昨日般真实
唯有语言坚硬如铁
为我们敲响时间

**王顺天**,笔名阿天,1995年生于甘肃积石山,写诗兼事评论,甘肃省作家协会会员,甘肃省文艺评论家协会会员。戏剧影视学硕士。作品见于《诗刊》《飞天》《中国诗歌》《中国校园文学》《长篇小说选刊》《鸭绿江》等,著有诗集两部。

# 谁都没有见过黎明的样子

庄　苓

谁都没有见过黎明的样子
在黎明到来的一刻
它还是黑着，透着灯火
远处还是远处

一个正午，蹦出这么一句
谁都没有见过黎明的样子
是我放下手机，摘下口罩
闪念过的最后一丝痛快

现在，我走在路上
现在，灯火通明

庄　苓，1991年生于甘肃天水，独立艺术家。现居兰州。

## 我的眼迅速地移动

冯默谌

我的眼迅速地移动,为观察日常事物:
雨后檐下啼语的燕子,扑翅,喙;
一周岁的外甥迈步微笑,被搀于院中;
我还看到父母在操劳中变老。
我的职业,我的鞋子,远离乡土,
在闷热拥挤的夏日都市里,如湍泉水滑过。

头顶上的黑暗不断膨胀,几株松树
在银河间跳舞,蚂蚁从西红柿架上撤回。
七月八日,我坐在门前,心怀力量。
被打落的叶子,从水洼路面消失。
现在,我希望躺在这儿,独自地,
感悟这些影子,在我的身上拉长……

**冯默谌**,1995年生,山西壶关人。

作 品

所有该发生的都在发生
变幻的搭配镂空日常的平庸

## 上海丽人

### 赵汗青

不止一次，我想她是个水蛇腰的军阀
或者是，防空洞里的
奉系姨太太，指挥着绣榻上
那只雪里拖枪的猫
击落飞蝇侦察机

她从东北来，喉咙里带着烈酒香
几条黄鳝入腹，嗖嗖地
游过52度的苏州河
她在西风东渐的窗前，撑着陡峭的受力点
抽烟，雪比烟灰烫手，把她的清辉玉臂寒
直接烫成了吴钩霜雪明

她在词语里出征，踩着妆台登基
再把下马后的腿
像一株桃花一样
斜在镜中

——赠陈陈相因

**赵汗清**，1997年6月生，山东烟台人，北京大学中国语言文学系文艺学硕士在读，本科毕业于北京大学中文系汉语言文学专业。曾入选第十三届《星星》大学生诗歌夏令营，获第十一届中国校园"双十佳"诗歌奖十佳校园诗人奖。作品见于《星星》《诗歌月刊》《诗林》《中国校园文学》《散文诗世界》《青春》等。

# 菜市记

## 颜　彦

五月，我向迎面而来的夫妇打听
一枚茄色花瓣的姓氏，在裂隙深处反复探寻
失忆症的起源。对已谋面的午餐肉
我常常记不清它们的言辞，有几种纹理
很多面孔像布匹垂下来，无数口腔同时发声
等我搬来木椅，倾听，洞口则消失无踪
我与尘埃耳语以及目力所见之处的所有活物
所有流动和冰冷之器
巷口有些远，比起眼前茶馆的水雾

赌徒的表情比跳绳的少女灵动
鱼类自由度递增之地：水箱、砧板、瓷盘
而近处比远处鼎沸，语气比情愫鼎沸

**颜　彦**，女，生于1995年，湖北人。诗作见于《人民文学》《中国诗歌》《星星》《芳草》等。

# 初 恋

**谢雨新**

我已经没有多少日子,可以
立在繁花开遍的枝头
我所爱上的那个人也是一样
但他依然让我想到美好的东西
诸如阳光和酒

于是漫无目的
我们喝酒,聊天,挽起彼此的胳膊
抚弄脸颊,做一切无意义的事儿
就是一天

生命纠缠不清,水色太耀眼
我不禁设想
也曾不只一次想和他说起,不如
我们继续做一切无意义的事儿
就是一年
我们一直做一切无意义的事儿
就是许多年


**谢雨新**,女,1993年生,黑龙江牡丹江人,北京大学中文硕士,日本筑波大学人文社会系博士。现在南昌大学工作,作品见于《诗刊》《名作欣赏》《中国诗歌》等,著有诗集《初语》

# 同质性

陈　辉

使用匕首太精致，换上圆形松木
在空中挥舞，以期击中
误入抽象问题的鸟儿闭着眼睛
感受光线在眼睑上不同波频的刺激
构建一种色彩的对应法则，说明
诗是诗的
一组平行投影，或反向延伸
成为一副梯子
要是厌烦诸如时间与钟表的
对应关系，可以假装在异地
观察另一个被地球擦伤的清晨

**陈　辉**，笔名乔林，1997年生于成都，四川师范大学文学专业在读博士生。写诗兼评诗。

## 雕　塑

### 云　枫

后来，我成了一尊雕塑。
任由人世的眼睛
在我身体上注满批红。
哪里过分丰腴，哪里
又偏于仃伶……不满意的
便用舌头一刀刀篡改——
他们的尺子，太冰冷，太精准，
擅长在凹凸处，蝇营狗苟。
尽管，我早已放弃
人世的柔软，安心地
做一块石头，
也还免不了，被时代的探灯
一次次勘查资本的
可能。

**云　枫**，原名沈正福，1996年生，江苏泗阳人。作品散见《青春》《飞天》《诗歌月刊》等，曾获野草文学奖、长三角地区大学生诗歌大赛奖、中国校园"双十佳"诗歌奖等。

# 豹 变

尹祺圣

一只豹，变成一个词
身后长出一朵淡黄色的喇叭花
那些关于丛林的记忆，弥漫着番石榴的气息
阳光、棕榈，草叶中她若隐若现的斑纹
金黄色的降临
在觊觎怀念之前，雪山是一种病
慢是一种病。至于梦魇本身
一切开始变得可有可无。一只豹
变成了七月的流水
时节茂盛，草木丰盈
斜影子在中央，午睡的年轮在毛皮之上
一只豹，变成黄昏的一部分
尾巴，树的开关，在金合欢的枝丫上
大地变成了蓝色。一只豹
栖息成流动的月光

**尹祺圣**，1996年生，湖南洞口人，广西大学材料学硕士。作品见于《星星》《湖南文学》《广西文学》等，曾参加《星星》大学生诗歌夏令营。

# 此 月

李阿龙

紧握手心的雪团
从指缝流出冰水,凉丝丝的,有些痒
那未扔出的欢乐
干净的夜空,静卧一个亮月

亮光——我想了许久,从水雾浓密的梦
到现在居住的地方,毛白杨映在窗子——
雪松下,穿淡蓝坎肩,露出白色
针织羊毛衫衣袖的姑娘,漫步

松尖蓬松的模样,散发快乐的气息

李阿龙,本名李坤,1997年生于安徽临泉,河北大学学生。曾入选《星星》大学生诗歌夏令营、《中国诗歌》新发现诗歌夏令营。

# 透明器物

朱旭东

那个被时光遗落的
其实是一个透明的器物
装河流，会看见
更清澈的面容和更自由的鱼
装天空，会看见
更纯的蓝和更轻的云
但我不能把走过的路全装进去
那些曲折和泥泞更适宜荒草丛生
我也不能把说过的话全装进去
谎言会掐灭生活的微弱光芒
事实上，我一直试图
把自己装进去
我最想看一看那个真实到
透明的我，究竟会是什么样子
会不会原谅现在的我

朱旭东，1990年生于甘肃成县，甘肃省作家协会会员。诗文散见《诗刊》《星星》《诗潮》《诗林》《扬子江》等，曾获扬子江年度青年诗人奖。

## 大玉苗村，访慈光寺不遇

**师国骞**

前有朴树叶砂纸般磨亮天空
四落的光屑彩饰走地鸡的羽衣
后有昨夜借宿龙马山的烟云
动身游方玉溪别处
周遭的屋宅也在修行
装裹凡人的生老病死
檐角风铃轻唱梵乐的慈光寺
大门紧闭，可我的钥匙
尚且开不了俗世所有的门
更莫说这净土之上的锁芯

**师国骞**，1996年生，云南玉溪人。作品散见《边疆文学》《滇池》《青春》《散文诗》等。

# 命　运

易小倩

放进桶里养的螃蟹
有一只爬了出来
放回去之后
我好奇它是怎么爬出来的
就见它踩在
最大的螃蟹身上
把身体横过来
往上一蹿
就越狱成功了
我被它与命运抗争的精神打动
当天晚上就把它蒸了吃了

**易小倩**，女，1993年生，安徽蚌埠人，北京第二外国语学院研究生。作品散见网络及各种选本。

# 老 妇

### 康承佳

她不再羡慕比她美好的事物
不再厌恶衰老，乳房坍塌
也只是像腰部隆起一样寻常

她受困于活着的琐碎，受困于
一家人明天的口粮
偶尔，她也会忘掉过剩的生活
以及作为妻子和母亲的身份
想起年少时候
那些不为人知的情欲和雨水

也是这时候，她轻得
如一纸被遗弃的书信
即使盛满了六十七年的黄昏
也抵挡不住
那突然潜入的风声

**康承佳**，女，90后，重庆人。作品散见《诗刊》《扬子江》《草堂》等刊。曾获第三十六界全国大学生樱花诗歌邀请赛特等奖、青春文学奖"最佳青春诗歌奖"、珞珈诗派年度诗人，2019年全球华语大学生短诗大赛"年度诗人"奖等，曾参加《星星》大学生诗歌夏令营。现居武汉。

# 悬挂云朵的桅杆驶进风暴中心

郑纪鹏

悬挂云朵的桅杆驶进风暴中心
有助于我们豢养漂流的冒险精神
如是我闻,室内乐转移到室外
又从室外航行到海上,演奏
使蓝色台风眼的瞳孔明亮如许
我们在风暴中心驶进驶出
头顶云散云舒,是一种演奏风格
也是一种聆听风格。震颤的水滴
凝成不规则的水晶吊灯,听它
成型和破碎是如此统一,耳朵
听成翅膀分离的蝴蝶,分居在
脑袋两侧。光芒流动的漆黑船壳
牵拉海岸线,拉响海水的警报
此刻,大提琴共鸣箱丰满如潮


郑纪鹏,1991年生于海南陵水。作品散见《诗刊》《天涯》《诗潮》《青春》《文艺报》等,著有长篇小说、诗集。现居海口。

# 一个虚词的生命

## 锯　子

有的词喜欢与皇帝待在一起
在借力的梦境里打扮成娉婷的女子

有的词长着高于云朵的鹰眼
吓得同类远远藏在山林的低微里

有的词披挂着锋利的鳞片
把问候的阳光反射到与心相反的角度

有的词被伟大的虚构所生
游说大半本字典终于被收录进去

有的词注定是原地踏步的现实派
历史的焰火总能看到它飞扑的侧身

有的词热衷成为一个句子
以变幻的搭配镂空日常的平庸

有的词总以为代表真理
用剃刀在艺术现场制造虚无的血案

而我只是一个忙着搬运的词工
我抱着我的词
在偏执的人群中间维持着另一种形式的偏执

**锯　子**，1990年生，有诗作散见报刊。现居北京。

# 深山一日

**越　槟**

市中心有块地，终于摆脱地价的
虚无，回到一点一点长草的快乐中
有云当然最好，没有云的天气里
也要尽力做一个仍在望云的人

野牛在杂草丛中不争不抢地啃了
一整天，这是我尚且不具备的
兽性，它并不总是非得借助
原始蛮力、血或长啸才能显示

我也想就此消失，可良风万顷
一再给人性命，给人一阵又一阵
被什么匿名爱着的惊悚，仿佛
它曾轻易翻阅地过人痛楚的总谱
山花太深了，最好谁都看不见
谁都在找，而我全心沉醉于你的
芬芳，像一个随时会离开的人

**越　槟**，1993年生，广东人。现居广东。

## 谷雨记

浪 黑

别人的房子还在淋雨
他提前结束了自己的雨季

蝙蝠聚集在屋檐下，仿佛一些
收起来的伞，流淌天边的色彩

为了找回那个遗失的夏天
他决定出门。穿衣，戴帽

与一群蚂蚁独步远方
把每一个夜晚收集，贮藏在地下

乌云返乡的时候，它们
会变质，成为一些迷人的花朵

**浪 黑**，1998年生，现就读于闽江学院。作品散见《青春》《散文诗世界》《特区文学》等，曾获第九届"包商银行杯"全国高校文学作品大赛诗歌奖。

# 冬 至

## 黎星雨

太迟了，海水已准备好下潜
若是世间腾出了空位，记得告诉池鱼
这天，松针选择躲在剑鞘中
雪有一些深意。天冷了，就不必说

黎星雨，本名杜明静，1996年生，四川乐山人，华东师范大学学生。诗作散见《诗潮》《诗林》《诗歌月刊》《星火》《青春》等，曾获全球大学生华语短诗大赛奖、樱花诗赛奖、中国校园"双十佳"诗歌奖等。

## 蝴蝶物语

李航宇

在比喻之前你早已断定
白昼是丝，黑夜是蛹，梦乡是蝴蝶
那破茧的一瞬
剧烈到虚无的沉睡
如同月光从瓦片映入暧昧的水洼
又像要吃一颗静物画里的葡萄
你从梦里扇动起新鲜的欲念
洁白而忧郁，绝美而孤独
栖落在那株唯一的海棠花上——
"昨日的丝
牵动了谁的掌纹？
今夜的蝶
飞舞在谁的心扉？"

**李航宇**，笔名音希，1998年生，哈尔滨人，中国诗歌学会会员、甘肃省诗词学会会员，兰州大学学生。作品散见《中国诗歌》《鹿鸣》等刊，曾获樱花诗赛奖、中国校园"双十佳"诗歌奖等。

## 典型游记：龙源路555号

李尤台

去看你，在湖边摇起秋千
阳光深埋进我。微妙了
这无法眺望的时刻。看见
水面有石头进进出出，
投掷玩笑着，方向总在
成为远离。来了便是散步，
聚一聚是散心，再散开
自己擦出一朵清澈的水花。
在冬天树冷却了，阳光
不长。一片旋转的羽毛上
看见我们就是湖的全景。
如果见你与回去都算作
归途，揉搓车票两端，
我也只是读着同一个地点。
那时候提着脚步想探明的
如今看见你侧脸，一个
弹出来的小球映着
几位淡淡的故人。他们
在冬天搀扶醉酒之徒
像所有最终都动弹不得的
修辞那样，不敢融化
是最清脆的不朽。

**李尤台**，生于1998年，曾获光华诗歌奖，诗散见《星星》《诗林》等，辑有自选集《爱人》。

# 安静的兔子

## 刘理海

白蜡树收留了灵魂,它的声响从梦中拂过
避免惊醒所带来的孤独。相遇总是难以摆脱
日常的琐碎,坐在路边的人默默售卖回忆
生物的复杂性带来不必要的困扰,湖面反光

如果密集的鸭群布满夏天,少了蓝调的浪漫
交谈便无法展开,无法表述可能性带来的悸动
那么尝试新鲜方式,进入安静兔子的世界
在神奇的幻觉中再活一次,也未尝不可

**刘理海**,1990年生,江西南康人。作品散见《诗刊》《青年文学》《作品》《诗歌月刊》《西部》等,著有诗集《植物拥有魔力》。

# 一尊塔

**刘西溪**

这里的风充满荆棘,我是个没穿衣服的人。
你不知,我为谁祈祷。
可能为我,可能为她,可能为家。
我看着这光啊,忽明忽暗。

C,你对这世界爱之弥深。
像极了我走过的那些森林和沿途的野花野果。
那些颤抖着的烟的末梢,在此刻。
火苗蒸腾而起,燃烧着,再也不停息。

我赞美已经过去的那些,在路上的时刻。
或许需要几个激情的时刻,闪烁着那对隐约可见的肩膀。
那尊塔,和我们爱的山峰
停留在那里,一动不动,而我的头颅在左右摇晃。

**刘西溪**,原名刘瑞祥,1997年生,山东沂源人,中国诗歌学会会员,山东省青年作家协会理事。

作 品

平和地亲吻这个微醺的世界
走向你给我虚构的爱情

## 沙子知道答案

### 柳 燕

从哪里来，将到哪里去
沙子知道答案。我从没有想过
成为比沙子本身更伟大的事物
一出生，就在成为沙子和泥土的途中奔袭
夜以继日。在时间的某些瞬间
遇见一些好玩的人，攀登一些雄伟的山
和一朵盛开的路边玫瑰对视
有时，也想把自己伪装成一粒金子，成为一个发光体
也想假装成一粒种子，长成一棵丰满的树

沙子的本真，证明那不过是一场虚幻
在前往沙子的路上，我打算，做最虔诚的那一粒

**柳 燕**，云南彝良人，云南大学文学研究生。偶有作品发表，曾获"包商银行杯"全国大学生征文奖、野草文学奖、樱花诗赛奖等奖项，曾参加《星星》大学生诗歌夏令营。

# 雨　后
陆　闵

草叶低垂的黄昏，雨早已停了
我们在屋檐下闲坐
面前是偶尔滚下的水珠，一次次地
碎给我们

说起天气尚好的时候，清晨与夜晚
露珠结得圆润，我们玻璃球样的眼睛里
嵌着一枚黑色的太阳

那时候，日子黑了又白，大片的云朵
来回穿行。我们从不知道
水珠的脆弱，更不知道
天空阴郁的时候，我们的眼睛会如此灰暗

**陆　闵**，原名范尊贤，1995年生于江苏连云港。

## 留下遗憾的人

马文秀

留下遗憾的人,躲进夕阳里
生怕一个背影甚至比河流还要湍急

向前,听不到孤独的风
狂舞在夜幕中,抛却目光所至的事物
向后,寻不见一种思念的人
起身走向晚霞更深处

铺设在床前的沉痛
连缀着词语衍生出的故事
站在河对岸的老人
再难以等到一个波澜起伏的夜晚

被隐去的疼痛
像极了泪珠状的心事
汇集在一起,弄湿了枕头


**马文秀**,女,1993年生,回族。作品散见《中国作家》《诗刊》《民族文学》《诗潮》《绿风》等,诗作入选多种合集及译介,著有诗集《雪域回声》《老街口》等。

# 旋　涡

**骆力言**

我被卷入旋涡里，
旋涡长在我的胃里，
我的头从后背伸出。
我走在街上，
手也被吸进去了，
却是另外一个长在胳肢窝下的旋涡。
我身上最大的旋涡就长在脑勺上，
我被吸成沙漏的模样，
都顺着沙子流下去了。
以后我走出来就是以数个骨节示人了。
让大家看看我青色和红色的眼睛一样的骨节。
这世界生长的目的就是毁灭啊，
旋涡就连着胎盘长在脐上，
把该吸走的就都吸走了。
一步一个旋涡，一口一片海。

**骆力言**，女，1999年生于广东江门，曾任华南农业大学绿窗文学社社长。作品曾有获奖。

# 对　话

徐　蓓

我的心
我要和你对话
我要听见你的声音在云雷的深处
号令此刻天上全部的雨
把我冲向任何一个远离现在的地方

我的心
我要看见你的面貌
等着我的手　就要将你
从黑暗的胸腔解放
结束这日日流血的伟大

我的心
我要你离开我
你尽情狂跳吧
召回你的全部
不留给这副躯体一点你的精血
你必须扯断捆绑你的血管和筋脉
我不是我
你还是你

**徐　蓓**，女，1998年生，江西上饶人，中国社会科学院研究生在读。

# 夜

**许春蕾**

夜晚的蛙声像沸腾的水,响动不息
远处的动车来来去去,像我七岁那年
在乡间小路上的奔跑
天空水一般的目光,开始打量,包括
一只鸟的失眠,一朵花的败落
他甚至伸出手,接住了一片坠落的叶子
缓缓,叶子落下,一只小虫在它身旁走过
山脚下的灯光亮着,一扇窗子半开半合
风吹到这里,就停了

**许春蕾**,女,1993年生,山东滨州人,江苏省作家协会会员。作品见于《诗刊》《星星》《红岩》《山东文学》《青海湖》《星火》《扬子江》等,曾参加《星星》诗歌大学生夏令营。

## 夏天的暮色

雪 屿

这是夏天独有的暮色
一种暗落下来的蓝
柔和地覆盖着世界
所有的事物悄悄地收纳自我
只留给黑夜清晰的剪影
万物的发梢或肩头别上蓝色的玫瑰
星子就开始平和地亲吻这个微醺的世界

太阳收起光芒,走下来
山丘的松林,绿得笔直
红日就这样在林间下落
若无其事地走下去
走向了另一个黎明
月亮躺在黑夜里
它的光足够照亮自己

**雪 屿**,原名赖婷婷,1994年生,闽南师范大学硕士研究生。曾获"包商银行杯"全国高校征文大赛小说奖优秀奖、国际诗酒文化大会"诗意浓香"征文大赛奖等奖项。

# 回乡偶书之感怀童年往事

## 谢木森

草木虚空　山门已在此搁置太久
风经过　事物疯长　影子的黄昏里
仍有红烛在案　晃荡不安
乱世之前　我从故乡抬头往左
也曾窥见过鸟兽鱼虫一伙结伴上山
而江山易迭　人间正道早已绿水沧桑
此去经年再见山　便是水　水非山
物我从此相忘于长亭之外
再看这腰身虚胖　口舌如簧
也曾拒绝过群山　星辰　以及一切美好事物的我
如今也学会了端坐高堂　闲时练习书法
除了偶尔回趟乡下　再走不出安溪那杯浓茶
上路的时刻就要到了　这借走了九十二年的山路
终于还是物归原主了　也罢　此山多情
不宜夜饮　且趁着这夕光未逝
我要将这所有新绿带回草原

　　谢木森，1991年生，福建安溪人，福建省作家协会会员。作品散见《诗歌月刊》《诗选刊》《诗林》《山东文学》《福建文学》等，著有个人诗集，曾获福建高校文学作品大赛诗歌奖等。

## 空酒瓶

李佳妮

冬日,店铺早已紧闭
我怀揣不能倾诉的方言
像个赤裸的游魂
这些年
置办的器物越来越多
身体却还遗留在行李箱里
等着归去

归去于我逐渐失去含义
我的亲人都有各自要爱的人
我的狗已离开多年
门前柿树已砍
儿时的溪流面目全非

故乡已如我一般
散尽浓郁,独剩一座空瓶
怀念着一起饮酒的人

**李佳妮**,女,1993年生,浙江丽水人,诗歌散见报刊。

# 宠 物

胡了了

应该让孩子从小养宠物
让他较早体验他所爱的死去
然后再给他买一只
让他学会遗忘
让他知道自己
一生要照顾的生命
一个接一个
像随机的走马灯
最后一刻的闪耀
先前的怀念
都白费功夫

**胡了了**，1997年生，湖南茶陵人，毕业于黑龙江大学。诗作散见《诗林》《青春》等。现居浙江金华。

# 虚 构

**黄明洋**

你渴望每天看到吾瓦的落日
就像戈壁闻到了雨水的气息
今天,我们做过的事情并不多
包括那一辆行驶在库铁大道的汽车
等风带来笨拙的夜晚,我们将虚构
天上的月亮,和一粒长在你身体上的朱砂

你将对着一条长满玫瑰的街道,正如
我所看见的,在夜幕降临的时候
你也不再说话。今夜
没有明亮的白炽灯,也没有涪江上的潮湿
我会走向山岭,走向城市
走向你给我的虚构爱情

**黄明洋**,1998年生,新疆库尔勒人。作品散见《山西文学》《红豆》等,偶有获奖。

# 罗布林卡

## 赵 琳

一个人独行的荒凉,是四月的罗布林卡
一个人仅剩的孤独,是遥远的罗布林卡

一个人在罗布林卡,第一次也是最后一次
看见一只羊的忧伤,来自金色的罗布林卡

金色的罗布林卡,有一块美玉淡淡的伤痕
在金色的夕阳中,小于悲伤的力量

**赵 琳**,笔名小小贝,95后。作品散见《诗刊》《中国作家》《星星》《草堂》《北京文学》《飞天》等,并入选多种年度选本。曾参加《星星》大学生诗歌夏令营。曾获"包商杯"全国高校文学作品大赛一等奖、野草文学奖、樱花诗赛奖等。现居兰州。

# 馨香纪

## 黄鹤权

风，在矮小的门楣
来来回回
凿开了一些视线
我又闻到带着陈年旧事的馨香
从右窗落到身后
在我耳畔。让我茂盛
让一些离殇有了去处
它就那么半个。月光一样咬住断流的人
把慈眉善目贯彻到底
意味深长
也似一场梦
压在心口很多年

**黄鹤权**，1997年生，福建省作家协会会员。作品散见《扬子江》《星星》《诗歌月刊》《福建文学》《山西文学》《台港文学选刊》《中国诗歌》《青年作家》等，多有获奖。现居福州。

# 一直在下雪

## 厄 鱼

一直生活在光线里
这光线和蝴蝶们一样,不停变换
对颜色深情
从小小的窗户中进来时
一脸年幼,一副浑然天成的骨架
整齐地等待
像一盏温暖的灯
食用高处黑暗中的房梁
所照亮的整个房间内
流动着
墙所撕裂的呼吸
在地上变长的裂缝中
发现一张疲倦如狗,落满灰尘的面孔
在移动中
变得独立,变得宽敞
为了在变长的光线中
记住这一切
完整而空荡荡的事物
我们被光摩擦的喉咙
所发出的声音
和雪一样不停地下在日常中

**厄 鱼**,原名汪彪,1997年生,甘肃漳县人,甘肃农业大学学生。作品散见《飞天》《诗潮》《星星》《散文诗》《椰城》等,曾获中国·邯郸大学生诗歌奖、樱花诗赛奖等。

## 油菜花开

**魏银龙**

进入成都平原
火车在一片金黄中飞驰
这盛大的花礼
让旅客集体失语。唯有慢
在袒露，轮回
成为画家笔下一抹
在众生中，反射着一丝光亮
而窗外，一老人蹲在田埂上
眯着眼睛像是在看
又像是在听
上了年纪的他心里清楚
要不了多久
他就要收获蜂蜜
菜籽油
还有黄金

**魏银龙**，90后，笔名默风，新疆作家协会会员。绘制有《狂野森林》《深海历险》《逃离魔幻际》《小莫尼的梦幻奇遇》等儿童文学插画，著有诗集《悠长的忧郁》、散文集《像时光一样柔软》。现居阿克苏。

# 梦幽州台

**喻瀚章**

月中寒枝鸦来
喙里呛了些烟霞
沙洲依旧冰冷
蚱蜢双舟寂寞不再
登哪种高台见天地
林立眼内是高墙灰白

鼻上曲折光线的透明镜
清楚眼睛之所想
烈日炎兮凝不住流云
飘逸沉郁
是锅里闷着的
熊掌和鱼

找不到亘古长存的
伟大精神
还在出租地下室眺望
昏黄的灯晕
满身烟臭等着晨曦
去嗅明天第一缕空气

**喻瀚章**，1999年生于北京，北方工业大学学生，北方工业大学齿轮诗社社长。

# 诗人与诗

## 李嘉轩

将寒冬的雪花放在心口焐化,给爱人煮茶;
为尚存于世的雪人打遮阳伞,在每一个春天。
诗人就是诗人,是一切写诗的人,
他们是人,他们也是诗。
在星星下坠的夜里,整个世界视若无睹,
诗人则在没有人的角落里偷偷写诗。

诗光明正大,却鲜有人问津。
人们用儿童时期背诵成段的文字,
再用一生去寻找诗,尽管无意为之。
何以寻诗?诗藏在荷马的眼里和李白的相印上。
诗是爱,会在毫无防备时闯进我们的心房;
诗是真实存在且朦胧的一切事物;
诗是人类无法言说的世界,或者完全相反。

诗人与诗,是脸上的微笑与哭泣,
二者共生共荣但无法共同安葬。
看不见星光的人们最爱读故人的诗,
有些诗人还活着,却被自己的诗所遗弃。
在被人无视的时代诗人为什么写诗?
因为诗人是人,诗人也是诗。

**李嘉轩**,1997年生于河北石家庄,中国诗歌学会会员、北京市写作学会会员,就读于湖南大学文艺学专业。曾获多项奖项。

# 初为人父

**顾彼曦**

我很幸运,而立之年
身边有陪伴一生的女子
感谢她的伟大,让我即将成为
一个孩子的父亲

我会是一个好父亲吗
我有我父亲的臭脾气
遇事烦躁、好面子、埋怨亲人
但是我的父亲,这一生活成了一座山峰

我很想快点见到孩子,我想看一看
他长得像不像他的父亲,身上有没有
他父亲的臭脾气
如果有我也高兴,只要我的孩子健康快乐
我也想亲身感受一下,我的父亲
当年大雨中背着我奔跑的时候
内心有多刚毅,有多辽阔

**顾彼曦**,1990年生于甘肃文县,甘肃省作家协会会员。作品散见《诗刊》《作品》《诗潮》《延河》《星星》《飞天》《都市》《诗歌月刊》《山东文学》《四川文学》《时代文学》等,出版作品多部,多有获奖。

## 我们即将抵达

李 振

你执意带走我的白天和黑夜
将它们定格在一瞬间
我接近天边,保持矗立的姿态
仅仅一个小时,晚霞抢占了高地
我留在大地上的影子开始上升
天空中燃起火来,你揭开我的面纱
我允许你再次望向我的身体
你的念想和坚守开始西落
暗黑的幕布被拖下
我们在写信,还有演出

**李 振**,90后,山西师范大学学生。作品散见《飞天》《青春》《诗潮》《都市》《延河》等。

# 乡下捡到一只瓷罐

**荆卓然**

古典美人为你洗过澡
风流文人用你喝过茶
从一只手到另一只手
从一个家到另一个家
多少故事　藏进了你的肚子

破碎的部分刚刚离开身体　新鲜的伤口
透露着瓷质的细腻　透明和高贵

一定是主人喜新厌旧　失手伤了你的身体
又随手将你丢在了垃圾堆
蒙尘蒙羞的你　面对来来往往的路人
一言不发　只等着粉身碎骨的来临

我和父亲把你捧回了家里　一盆热水　两双手
破译着你身上远古的密码
寻找着祖先的指纹和呼吸

**荆卓然**，1997年生于山西阳泉，山西省作家协会会员。作品散见《诗刊》《星星》《诗选刊》《扬子江》《诗歌月刊》等，多有获奖，曾参加《星星》大学生诗歌夏令营，著有诗集《小鸟是春天的花朵》、散文集《桃花打开了春天的门窗》。

# C

作 品

什么在我身体里发出鸟鸣般的祈祷
亦真亦假的花香已将一切描述清楚

# 孤山行

杨泽西

不再谈论飞行术,因为我们熟悉到了陌生
你们走后,一只蝴蝶又回到了自己的蛹中
不可否认,螺杆开始拧入螺帽的事实
我的词语是逆时针的,灵魂缺乏轨道和出口

疲惫是一块刻了名字的石头
被照相机不断挤入人体臃肿的皮肤
我被"孤山"的"孤"字拉出体内潜藏已久的阴影
身体像颗刚启封的铆钉,钉入"断桥"的腹部

确定我是一个人吗?或者是肉体的单数
那么成千上万的游客都是一个人
从东走到西,又从西走到东
我仅仅是一个人在慢慢地消失,又重现

鱼刺仅仅是鱼身体里必要的肋骨
　"孤山"只是为了引出身体里的另一个你


**杨泽西**,1992年生于河南漯河。诗歌见于《诗刊》《星星》《诗潮》《诗歌月刊》《扬子江》等刊物,曾获扬子江年度青年诗人奖、广西网络文学大赛诗歌奖、野草文学奖等奖项。

# 酒　馆

**冯树贤**

在街角的酒馆，被夜色推搡的人聚在一起
清唱的民谣，一双双痴醉的耳朵

在灯光中跳动，沙发与身体碰撞
脑袋里充斥着莫名的符号，颅腔内部沸腾

这里有周云蓬的眼睛，有另外一个人的诗歌
还有绝望、悲哀，有神圣的生命在掌纹里流淌

月亮就要从东方升起，将要从窗子穿进
我坐在这里等待那一束清凉注入酒杯

全都准备好了
万物沉默的季节，北方将要大雪

没有人尖叫、愤怒，剩下遗忘
剩下一个人开始在食指与中指之间触摸心事

**冯树贤**，90后，甘肃人。出版诗集《逃上一棵树》《白银之歌》，曾获黄河文学奖诗歌奖。

## 白　鹭
### 赵　浩

起初，它飞向岸边巨石。
长爪试探性降落，又时刻
准备，弹开一切不安定因素。

卵石堤坝阶梯分布，
长嘴巴在云中垂钓。

疫情以来二十余天，
某些感知互不联络。

我们对视。木化。
减掉对方陌生部分，
只剩水波漾起蛙衣，
丢失贴紧眼球曲面。

两分钟后，它激活于虚无，
扑闪几下滑出我的屏幕。

**赵　浩**，1995年生，河南洛阳人。诗歌散见《中国诗歌》等，曾获元象诗歌奖、樱花诗赛奖、全国大学生诗歌节奖等。

# 美　好

**洪光越**

光用白净的手抚摸那堵墙
光的眼神如花朵
早晨我打开窗子就看到了这一切
鹰刚从这里起飞
风从枯草的腰间吹过
美好的一天如期降临
美好是白色的牛奶注入杯子
我们永远饥饿
美好是我坐上一辆卡车
穿过深冬的雾气
深冬已过
卡车还没从雾气里开出

**洪光越**，1993年生于海南澄迈。参加诗刊社第34届青春诗会，曾获2016年度"澄迈·诗探索奖"青年诗人奖，出版诗集《草莓草莓》。

## 午后之诗

**任智峰**

此刻,蝴蝶或者蛾在身后轻轻
扇动翅膀。午后漫长而又遥远的记忆
困囿于秩序,一匹母马
打着响亮的鼻响,在我面前
垂下头,晃动尾巴
温润的舌头长满鲜花

是什么在我身体里发出鸟鸣般的祈祷
云朵迅速聚拢又迅速散开
我侧过身,发现
黄昏将至,挽留不住
大地上空荡荡的茫然

**任智峰**,90后,甘肃庆阳人,甘肃农业大学财经学院学生,写诗兼事评论。作品散见《星星》《飞天》《延河》等。现居兰州。

# 问无题

## 肃　北

当雨水，落进词语在诗句中，坍塌的一生
语言，将不再美妙，高尚，静放在铺平的口中
犹如等待倾吐的骨头，被口水搅拌，斟酌，
和撕碎的青菜，一同扔进下张嘴里

我们将看到什么，在风景照模糊的蒙版后面
莉莉安！是梦中梦里折叠的悲伤
还是一场突变的运程？
众人，皆自诩非凡，忙于从漏斗的底部
审视一枚卡住的果核，和

颗粒般的黄昏，谋划一次突兀的惊厥
空调外，气温沿着内心的沟槽被逼向胃囊
食物，偏安一隅，有人被迫在深夜呕吐
但绝大多数决定向自身行善，面对镜子
向沉默，放生奄奄一息的语言

**肃　北**，原名徐壮，1999年生，河南人。曾获元象诗歌奖。

## 敦煌歌吟

成志达

驼铃摇响
风沙中梦的行程被记写一篇
唐砖汉瓦，旧经残卷
俗世的老路又铺了一层的无辜
琵琶反弹
千年恩怨终为壁画里图纸半幅
宿命难清是谁的繁华
飘摇成风里一叶
又瘦成埃土

狂饮西风从阳关出走
走一回梦里江山
走一回天高水长

梵音阵阵　佛的叮咛
在一盏茶中打坐
在一炷香里画上这一生
轮回完满或是因果残缺


**成志达**，1990年生于甘肃定西，《金城》副主编，兰州市作家协会秘书长。作品散见《北方文学》《飞天》《甘肃日报》等，出版散文集《静雪与呼吸》。现居兰州。

# 挖金子的人

## 苏果而

挖金子的人在矿山的心脏里
凿出一片明亮的光,
光照着他们在白色里穿行,
在黑色中寻找金色。

连着半个月的雨,
矿山患了骨质疏松症,
挖金子的人踩着它的骨骼,
快乐地唱起歌。

这是一种寂静的疾病,
连吞噬也是寂静的,
挖金子的人沉入了那片光中。

那是阳光的颜色,
沉默的金子在哭泣。

**苏果而**,女,90后,河南人,比较文学与世界文学硕士。作品散见《中国诗歌》《山东文学》等,出版诗集《净的诗》。曾参加《中国诗歌》新发现诗歌夏令营,曾获全国大学生文学作品大赛奖等。

# 春雨即景

双 木

雨线稠密,水声与光阴交替接力,
我们始终躲避不及连绵不断的垂帘。

我们鱼贯而出,在地铁口缩紧身体
连续撑开雨伞里的爆破音,仿佛早晨的

人民已找到春日的入口。看新闻,过天桥,
乘坐自动扶梯,我们紧挨着倦怠的青年人,

并有序排列在巨幅广告牌下,任凭时光
将我们输送到年龄的中心地带。

**双 木**,1991年生于江西九江。作品见于《诗歌月刊》《草堂》《中国诗歌》《诗潮》等刊物,合编诗歌集《野火诗丛》《新湖畔诗选》等。现居杭州。

# 光明年代

许 莞

光明年代里没有盗火的人
灿烂的天空下
我们是落在地上的果子，俯拾皆是
被麻雀啄食出心脏的形状

观赏的目光让一切都变得驯顺
在谨小慎微的鱼缸中
混沌的水流促成日常的假寐
大海，早已是多余的欲望

许 莞，女，1999年生，浙江天台人，浙江大学光华法学院学生。

# 梦醒时分

## 黄希婵

昨夜,一个发馊的梦吃掉了你的过去。
回旋之风与落叶在身后翩然起舞,
当你颤巍巍地剪碎白皑皑的语句。

拾起一瓣词语,制成书签
在影子销声匿迹的时刻,
夹进沉甸甸的时光之书。
冷藏泪水,腌制记忆
破梦而出的玫瑰精灵流离失所,
尖叫着往沙漠生长的方向跑去。

看见的只是背影,
红帽子是你的指引。
在破晓前的窒息中,月光触碰了上帝。

清醒时分,你与腐朽之爱同在
伴随一场灰飞烟灭的呼喊,
坚贞的露水吞下了整个宇宙。

**黄希婵**,女,90后,生于安徽黄山,编辑。业余从事诗歌和小说创作。现居北京。

# 距 离

李 凯

一个人的时候,我喜欢接受黄昏的训诫
藏于时间齿痕内的反思,往往更加深刻

就像那些年在故乡,近在眼前的风景
总是被我一拖再拖,直到——
它们离我越来越远

如果水流能够跑赢光速,意识能够超前于
木讷行为。我一定会赶在日落之前
去为生活,重新调换沙漏的方向

李 凯,1993年生,山西武乡人,喜爱写诗及评论。作品散见《山东文学》《星星》《滇池》《青年作家》《延河》《诗潮》《绿风》《散文诗》等,现居四川。

# 平 凡

## 慈 琪

我出生在
被人遗忘的时间里
自己写自己的历史
我死在历史结束之时
是被海水淹没又卷起
一无所知的沙子
我走在日光之下
带着飘摇不定的影子
有过或多或少的狂喜与微笑
而它们比我更早消失

**慈 琪**，1992年生，浙江人，广东某高校博士。

# 梯　子

## 焦　典

没人能拒绝一把梯子
向上的诱惑，像羊
谦卑是野心的肢体语言
没人能拒绝这种由踩踏带来的尊严感
我们由此在梯子身上，上上下下

同一张地铁时刻表，同一份生活指南
相同意味的欢欣和咒骂在楼上楼下响起
梯子是一块累坏了的手表
不愿各安其位的人
像球状闪电，藏在犹疑的指针顶端

梯子的上面是梯子，下面也是
脚失去最初的形状，一双接一双地
折叠、延展为陈旧的路
攀登不过是调换头和脚的位置
为此我们耗费了太多的鞋子
梯子由此在我们身上，上上下下

**焦　典**，女，1996年生，云南人，北京师范大学文学博士生。小说及诗歌见于《人民文学》《十月》《星星》《雨花》《中华文学选刊》等。获"2020中国·星星年度大学生诗人奖"、第六届"青春文学奖·中短篇小说奖"、第三十七届"樱花诗歌邀请赛"奖等奖项；入选第十二届"星星·大学生诗歌夏令营"。

# 给你宇宙

## 宋素珍

给你一座宇宙,收留路过的
天体,急于交流的星座
在被人们喊出的夜色中,忧郁是你
孤独是你。我们寻找夜色
在第三种平衡中,穿梭流动的星影
给你一座宇宙,拢住伤心的
花儿。它们湿渣渣告诉你
一切被推开的是你
被隐瞒的是你
那座宇宙——闪烁着
是你。

给你一座宇宙。

**宋素珍**,女,1995生,苗族,贵州天柱人。第十二届星星夏令营营员。作品见于《诗歌月刊》《星星》《飞天》《青春》等刊物;曾获野草文学奖、樱花诗赛奖、"包商银行杯"全国高校征文小说奖等。现居黔南。

# 晚年生活

**拾谷雨**

猫的叫声在黄昏发生
我们已开始厌恶
那些站在它身后的黑暗

我们互相凝视，仿佛
只有黄昏是不朽的
那些相继来告别的人
多像趴在狗尾草上的积雪

动物们渴望睡眠，而我们
蹲在门前的树下
数着这些年丢失的那些名字
好在果实尚未落尽

现在，时间更像是
你点烟时的火焰
当你递给我时
屋檐下的雪
一阵战栗

**拾谷雨**，1991年生，甘肃清水人。作品散见《星星》《诗刊》《作品》《西部》《扬子江》等，著有诗集《午间的蝴蝶》。现居兰州。

# 苏康码

## 郭　幸

往返于4楼2区与5楼6区之间，
绿色座椅、蓝色口罩和病人
疾病和地域令我们的名字更加统一
绿色为喜
这多像出门前的占卜

寻找扶梯与阅读指示牌
识字为喜
另需一张承诺书，关乎踪迹
我掐着
两个科室间的时差
像赶一列经过两个城市的火车

　　**郭　幸**，女，1992年生于江苏南京。南京大学创意写作硕士生。作品散见于《诗刊》《雨花》《青春》等。

# 上下左右

**马浚文**

我为垂下绿枝的小道而震颤,
只因它与林中木屋旁野花的暗香格外相似,
春光乍泄,分明是在冬日,
这耳边的风铃声要不使我麻木要不使我昏睡。
苦涩又香甜的梦中,
春意使惺惺作态的草木们,也健谈起来,
吐露出它们根茎下,藏匿了四季的秘密。

若这虚妄的春景,没有使我想起更多。
一定也是节气的过错,
生者无声,亡魂不再,
背光处那通往某处,或连接来世的幽径。
断裂,曲折,似有似无,
它总会告诉我踏过的碎石瓦砾。
亦真亦假的花香已将一切描述清楚。
无论是盲肠深处紧闭的门,
还是身后肆意蔓延的春。

**马浚文**,生于1998年。曾获"包商银行杯"全国高校文学作品大赛诗歌奖。

# 日记·其一

苏文佳

挑选一个悲伤的时刻,藏进人群。他们喧嚣,拥有俗世不言语却吵闹的欢乐。正是渴望的那样。为什么,徘徊是痛苦之间的抉择。风凑近耳边,传达密语:一切都是自己的选择。冥冥之中,你感到那谓之哲学的力量,你想到,你从未想过如此接近奥秘。你以为这是在生活。你想通了,你不过是个笑话和你的生活一样。人在浪里沉浮,又希冀飞天的翅膀。

**苏文佳**,90后,闽南师范大学学生。

# 房　子

**俞湘萍**

夜里，我轻盈，不可摧毁
跳跃在禁止摄影的椰子树上
风琴和煦的褶皱，磨着为数不多的
隐匿踪迹的手掌，鼓动一盏壁灯
为我打开那些脆薄的纸——夜的房子，
在朝露中，倾听梨花掉落。

**俞湘萍**，女，1997年生，浙江诸暨人，绍兴文理学院学生，首届浙江省青年诗人研修班学员。作品见于《诗刊》《山东文学》《野草》等，曾获长三角大学生诗歌大赛奖、"野草杯"大学生文学征文奖等。

作 品

孤 独 者 在 风 中 写 信
我的体内有过多闲置的灰尘

# 生 命

袁 恬

我从不摆插鲜花
我无法忍受那种残忍
买花，换花
听到它微弱的呼吸
空气中弥散着细小的绝望
但我也不喜欢假花
因它不能反复地死

窗前的栀子，花苞像鼓胀的心脏
我倒希望它永不开花
这样我就可以用一生去期待
它将目睹我失恋，成长，生育，生病
在土壤里变得寂静

而我相信它的雪白

**袁 恬**，1990年生于河南郑州，先后就读于武汉大学、新加坡国立大学、中山大学、北京大学，诗人、哲学学者。作品散见《诗刊》及各选本。现居北京。

# 我并非蓄意隐瞒近视

王珊珊

谷雀又来到门前的黄昏
对望时,四只眼睛衔着怜悯
谷雀永远不会知道
它从我这里瞥见的泪水
是它自己的化身,悲哀与伤痛
都是麻木到极致的透明

从一对凹透镜里,不是眼睛
黄昏、谷雀与我在不同的维度交流
靠一个眼神、一声叹息,长久如此
我在它们飞走时感到羞愧、缺失
为了看清、弄懂黄昏与谷雀的意愿
我始终没能摘下近视眼镜

**王珊珊**,女,1996年生于云南昭通,澳门大学硕士生。作品见于《诗刊》《十月》《诗歌月刊》《青春》《滇池》《边疆文学》等刊物。曾获全国青少年冰心文学大赛金奖等多种奖项,曾参加《星星》大学生诗歌夏令营。

## 过苏州河

### 艾 非

四处寒冷，白色衬衣潮流。
有诸多星星祝福，汽车飞速时宁静的水面
歌谣着对岸深秋的高楼故事，整整齐齐。
多么壮观，如此微茫的一瞬间，

我多么希望你是丛林的胡子，年轻的脸。
且如呼喊时嘶哑的野风，穿刺着
街道两旁的路灯，没有尽头的声音。

我极力对待真实的生活，朝着某一方向。
纽扣锁住薄夜，钥匙也坐姿不正。
你拼接着垂目的柳枝，重设水局之门。
而被击倒者一定默默无闻，平凡守候。

在弯曲的水道上，我曾质疑水面的力量，
不够纯洁，如花鸟集市里满地团结的鸟声。
它们？又如何回答东倒西歪的皇帝。

垂晕的杨柳随风洒落，深秋楼台，
皇帝不能厮守。水面辽阔时一贫如洗。


艾 非，1996年生于浙江慈溪。曾获樱花诗赛奖等，作品散见《星星》《中国诗歌》等。现居深圳。

# 信未寄出

## 陈三九

父亲，信未寄出，孤独者在写信
孤独者在风中写信，写雨水的信
火焰与孤雁在我的头顶飞旋，我的房子遥远
我的门前石头是空中两朵沉重的云
父亲，信未寄出，孤独者在写信
孤独者在太阳底写信，写河流与荒野的信
两艘船站在春江是两道分开的光
我小小的湖泊是春江渗出的泪
孤独者在写信，在昏暗中写两盏灯的信
两只眼睛是两匹奔跑的马
是一个姓氏里的两个名字
父亲，孤独者还在写信
他在纸上写下：雨水，河流与灯盏
他的心脏是只苍老的鹰

**陈三九**，90后，生于海南儋州。作品见《天涯》《扬子江》《诗刊》等。现居海口。

# 收割者

## 童 七

我在夕阳的最后一缕光辉里找到了他们
那些收割中国的人，跟我讲述
丰收该有的故事。南方，海南，云南
北方，黑龙江，华北。西边，新疆
他们按照粮食成熟的顺序，一一为农民
收割粮食。一年中，只有春节归家
一年中，只有归家时歇息
他说他像要饭的人，每天去不同的地方
和陌生的农民讨要生活。我笑笑
背井离乡、颠沛流离，他们却
满足了我对远方关于金黄的一切想象

在路边，我们看着最后一点阳光散尽
收割机也顺从地进了麦田

四亩三分地，收割用时24分钟
金灿灿的麦子在这24分钟里铺满了白色的道路

**童 七**，女，原名普云凤，彝族，1993年生，云南玉溪人，文学硕士。

# 仍在继续的

## 卜 易

深秋已至，不由得想起何谓小姐
于尺牍之间徘徊，照顾身体
金黄的落叶也开始疯狂
将舞蹈发挥得淋漓尽致
是的，热气已经稀薄的筋骨
到了该关照的时候
并排着丈量完落日的尾巴，加热出
一个冬天里路边小摊上红豆粥的倒影
机器在轰鸣中将墙体击碎
那是近百年的
远远不及你带来的气息，我知道
十指已经停止了长度的生长
而必须接受的是关节的变形

卜 易，1997年生于陕西延安。诗歌作品见于《延安文学》《诗选刊》《青春》《散文诗世界》《延河》等刊物，出版诗歌合集《有鸟归巢》。

# 冬时取暖帖

**周幼安**

那些凝固在树上的雨
是我们整个秋天都未使用过的
还有一些道理,摩擦的智慧
去年抽奖赠送的小酒壶
仍压在那摞报废的彩卷上

午后洗澡出来,冷
汗毛皆冻冰。于是指天问
就不能再暖和一点么?
说话间树叶开始扑簌簌忏悔
一朵云,留在画布简陋的幻觉中

也是在这些日子,我们想尽一切
解冻的方法:焚诗,焚琴
喝光剑客煮沸的血。
其实都明白,只要一声苦笑
淡绿色的心脏必须承认隐身术的失败
为了预防美失传,我们必须分裂
将棉花塞入灵与肉的缝隙

**周幼安**,1997年生,东南大学中文系在读。有作品散见《诗刊》《青春》等。现居天津。

# 远　镇

## 林长芯

我们终于来到海滨小镇
这往日里，我们痴念着却从未涉足的
远方。
即非景区，亦非故土
一种不可思议的熟悉萦绕
所有的事物都在将我经受
它们仿佛悄声私语
它们身在何处？它们是何物？
我低垂眼帘，医院里响起祈祷声
白床单凝固。海风止息于棕榈间
当我不在时——
它又分娩出它自己
一条道路，盲目而碧绿……

**林长芯**，1991年生，江西万安人。作品散见《诗刊》《诗潮》《诗歌月刊》《草堂》《星火》《滇池》《青春》《散文诗》等，入选《新世纪诗典》等选本，偶有获奖。

# 自　然

张　萍

终于只剩下我们，除了灰喜鹊和
远处岸边洗衣的妇人。感到自己也在
冲刷着身体。我告诉他，背景板太美好了，
身处纯粹事物中，应当感受幸福。

二十二岁的身体愈用愈旧了。
说起来不怕你笑话。被不舒适环绕，
被提醒，然后哭泣。在此之前，
我从未如此强烈地意识到这些。
枯藤一般的情绪，在今天都已得到缓解。

将它们包裹起来吧。
任凭它们升腾成烟雾和湖面的闪光。
这一切将妙不可言。

　　张　萍，1997年生，就读于安庆师范大学，安庆师范大学白鲸文学社社长。

## 雨后，是石头的时间轴在读秒

许淳彦

转动的事物，仿佛永远不会停下
雨像雨一样落在我的身体上
生活也落在我的身体上
而我正在感受那些静止的物质
从它们蕴含的缓慢中
抽离出世界的硬度——生出恐惧的人
戴面罩的女孩和祭祀之间，不道德的底线
在那之前，流星和流星疾速的碰撞
似乎已经找到了用灵魂这个词来比喻的目的
可是除去掩盖，我再也想不到还有其他办法能够
让人得到喜悦的结局

**许淳彦**，笔名聆潋，1998年生于成都，四川大学学生。出版诗集《雨入聆潋阁》《诗意校园》，曾获马识途文学奖、"包商银行杯"全国高校文学作品大赛奖等。

## 未竟之事

付 炜

晚风深沉，天空一贫如洗
那年始终让我疑惑的黄昏
像苇絮，掀起破碎的旋涡
而叶芝说，时间是唯一的敌人

我的体内有过多闲置的灰尘
空白的信笺，死去如云烟
往事愚不可及，微风正吹过
小楼旁，老槐树凝固的暗影

身在蜀中，有去国怀乡之感
早晨起来读《古诗十九首》
窗外，从酒吧归来的人
在薄雾中想起昨夜的恸哭

**付 炜**，1999年生于河南信阳，现求学于成都。作品散见《星星》《江南诗》《草堂》《延河》《中国诗歌》等，曾参加《星星》大学生诗歌夏令营。

# 南 迁

陈 丛

将要被开垦的实验弄疼她
不喜欢隐喻,火,就是点不燃

蜜蜂拖着枯渴的腹部飞回蜂箱
南方小镇上,菠萝在缓慢成熟
蜜的汁水、果的汁水,闷热的雨,都还不够甜

也不够咸,盐像是到了海边,融进去
小小的鱼干,要重新变回肉体,游回水塘
游回过去,谁还在乎它是什么?
肥沃的水田,结着几只青涩的果子
悲观的脸,稻草人,雀鸟对此从未产生恐惧

有微风抚慰,你会拥有一块温暖的皮肤
掌控她,覆盖她,直到在下一个季节失去
你要小心,她嘴里有种暗的磁场

缠结的天气让人清醒,坏情绪再三反复
一团云卷来潮湿,由北至南

陈 丛,1993年生于北京。曾获光华诗歌奖、重唱诗歌奖、樱花诗赛奖等。

## 小照片的撞毁哲学

**隆莺舞**

我
坐落于二十六岁
我二十一岁时的小照片，在我头顶徘徊
请求降落
我连忙提示它：降落有撞毁的风险！

后来我
坐落于八十一岁
头顶的小照片，还在眷眷徘徊
我想让它撞毁下来，我说：来吧，来吧
它就是不来

我说：那又不是死亡
它说：可那也是——天与地的差距啊
我说：天与地在时间里什么都不能干
只好相爱
顺便装下人世间别人那些值得纪念的撞毁

**隆莺舞**，女，壮族，1993年生，文学硕士。广西作协会员。作品散见于《民族文学》《延河》《长江文艺》《西部》《扬子江诗刊》《广西文学》《红岩》《滇池》《南方文学》等。曾获广西年度壮族作家新人奖。

# 在星海相遇

## 欧阳炽玉

在群星闪耀的夜晚
鸟兽咏唱的森林
遇见流泪的旅人
燃烧着生命缓缓前行
我们迷惘的灵魂
看着他慢慢消失不见
是比冰原极光更美的风景
只有内疚能敲碎我们的心
只要沉寂
就能这样在乐土隐没

**欧阳炽玉**,女,1994年出生,贵州贵阳人,北京大学中文系博士生。作品见于《诗刊》《中国作家》《花城》《山花》《边疆文学》等。

# 岛

## 魏 菡

她从未见过，太阳呈一片陌生的颜色
一年中，那些花儿俯下身体
把潮染成温的
海，松弛下来，撒开一堆味道清淡的沙
她把自己冷却了起来
一群热带鱼，把身上的鳞留下
正午趴在她身上
鱼尾绵绵软软，稀落下
它要带上路的浮游的热度

**魏 菡**，女，1993年生，山东人。有小说、诗歌、散文散见《诗刊》《青年文学》《诗潮》《满族文学》等，著有诗集《早尘的口袋》。

# 寂静背后

## 曹向东

列车把东西的距离不断拉长着
这个过程,像是一捆庞杂的线团被舒展
与列车亦步亦趋
不用担心的是起始处的固定
将爱持续下移,持续伴随
无尽的戈壁一路逆流而上,退回故乡的方向
我极目远眺
却被夭折在苍茫的戈壁中央
微小自始至终微小着,盛大的始终在盛大
仅凭来过,纯粹无华
戈壁上所有的微茫,令我无限尊重
让我一次又一次将双目恢复出厂设置的
是稀疏的枯草从堆叠的鹅卵石里露头
是顶着风沙的白杨林,是依旧繁茂的红柳滩
它们一切生在那里,一切也死在那里
它们不忍心
打扰任何人

**曹向东**,90后,新疆伊犁人。著有诗集《寂静背后》。

# 纸片人

## 马晓康

风会不会吹倒他们
或是一摔就会骨折
也许只需一个不牢固的相框

医生们给出的判断
是过度减肥
是心理扭曲
拒绝进食，拒绝交流

如果纸片人身上可以记录文字
那么
那些厚厚脂肪掩盖的下面
是不是写满了肮脏

**马晓康**，1992年生，山东人，留澳7年，中国作家协会会员。诗作散见《诗选刊》《诗歌月刊》《诗刊》等，出版诗集及长篇小说多部，有诗作被译介，曾获《诗选刊》2015年度优秀诗人奖等。

# 樱　桃

## 许天伦

它的内部还藏着什么
除了一枚坚硬的核
除了它的酸和甜
在味蕾上形成深沉的痛
傍晚五点钟的河滩，地平线
像我刚写下的蹩脚诗行
由于承受不住自身的重量
而在流水和粼光中塌陷
人间如此深远，辽阔
像谁也从未来过
我吃着被斜阳烧红一样的樱桃
咽下比岩石
更加恒久的平静

**许天伦**，1992年生，江苏金坛人，江苏省作家协会会员。从小身体重残，未上过学，仅靠一根手指创作诗歌。作品散见《十月》《北京文学》等多种选本，曾获《解放军文艺》《诗刊》《青年文学》等刊诗歌奖项，著有诗集《指尖的光芒》。

# 青 莓

汪 艺

先是穿过走廊
胳膊向左摆,向右摆。

桌布是红色还是蓝色,
反正都有白花边。
从她的裙子上裁下来,
那女孩叫青莓。

她今天二十岁,圈养小怪物。
头发编成麻花。
向左摆,向右摆。
她要隔着万水千山去爱你,
像爱一座坟墓。

**汪 艺**,女,1999年生于安徽黄山,安徽省作家协会会员。作品散见《清明》《安徽文学》《诗歌月刊》等,出版诗集《蓝》、文集《花开的声音》,曾获冰心文学奖、安徽省金穗文学奖等。

# 车间，我的青春在此搁浅

## 许立志

白炽灯为谁点亮
流水线旁，万千打工者一字排开
快，再快
站立其中，我听到线长急切的催促
怪不得谁，既已来到车间
选择的只能是服从
流动，流动
物料与我的血液一同流动
左手用于白班，右手用于晚班
老茧夜以继日地成长
啊，车间，我的青春在此搁浅
我眼睁睁看着它在你怀里
被日夜打磨，冲压，抛光，成型
最终获得几张饥饿的，所谓薪水
我听到的打工生活略显疲惫
流经血管，它终于抵达笔端
扎根于纸上
这文字，只有打工者的内心可以阅读

**许立志**，1990年生，广东揭阳人。曾在富士康工作，于2014年10月1日去世。

作 品

隐藏的事物活在身体之外
直面眼前事物远去的状态

# 小树林

## 何婧婷

这里的落日还要更清楚一些
这里没有成片的天空
风和我一样完整

隐藏的事物活在身体之外
我有清凉的空气
沉默的群山将我团团包围

离开叶子,风不带来任何声音
这里,风是全部的声音
风在山谷里和在平原上不一样

这里,年轮像秘密一样,落日像年轮一样
我可以微微仰起头
风不会落在眼睛上

**何婧婷**,女,1994年生于河南洛阳。曾获徐志摩诗歌奖、元诗歌奖等,出版诗集《白日梦蓝》。现就读于海外。

# 鹅卵石

张 东

其实，它和水没有关系
只是，借水打磨棱角
将长久的一条大河
理解为永恒的国度

它和鱼其实也没有关系，只是
穿着鱼的外衣
在幽深处，喜欢演鱼的亲戚
治疗生活的剩余

傍晚时，你喜欢做一个干净的点金石
数着在所有春天的陆地
期冀一只船靠岸

张 东，1995年生，贵州赫章人，贵州省作家协会会员。作品散见《诗刊》《扬子江》《绿风》《诗林》《黄河》等，曾获青春文学奖。

# 地铁站

## 栌 栌

他深陷人群中
凝视一条涌动的河
从异端闪退至半地面
以直接有力的招式
打破无声的浪潮
岛式车站：上层与下层建筑
那虚构的场景里
无数审判的眼睛游离
于极端的黑暗与光明
安德门地铁站
他站着冥想　他在这
浪潮涌动的半地下
任凭一列驶过的地铁
将意识切割
像空茫中的雪花飘落
那般无助　听命于
开往小行的广播
此时此刻　他已上车
他站着冥想　一粒
灵动之体将消失殆尽
沉默在涌动的人潮

栌　栌，女，90后，四川省作家协会会员。作品散见《诗刊》《诗歌月刊》《诗选刊》《扬子江》等刊物及选本，曾有获奖，著有诗集《冷藏的风景》。现居四川绵阳。

# 晚 雪

## 火 棠

我们紧闭门窗，封上自己的房屋，旧日的鸟群
隐现于炉火，一棵来自春天的枯木用金子般的心灵
烘烤着我们冷硬的面颊。坐观，徒有艳羡之情，俯下身，并非神灵之体
凝望那跳跃的禾苗，假装找到了沉默的源头

镜中的事物，不一定和情人相关。湖，或有一个干涸的理想
既然晚霞是一堆燃着的柴，我要去摘下你眼中的星辰，如摘下固执
的悲哀
而目光穿不透云层，必有人只身一个，前来造访
像你吐露的一个单薄的词，像我的修饰戴在头顶作深秋的斗篷
敲门，并返回到田间小路的尽头
给我们留下背影
——一个空旷的宇宙

火 棠，1995年生，河南南阳人，毕业于武汉大学中文系。作品刊于《中国诗歌》《台港文学选刊》《诗刊》等，曾获全球华语大学生短诗大赛新诗组特等奖。

## 在天山脚下

### 王世虎

青松高昂
我从西北偏北而来
从河西走廊上来,从胭脂山下走来
腰佩长剑和满腔赤诚
心忧天下而忧人民的诗人
在奔跑的时代
是马背上的雄鹰
怀抱山谷,怀抱马的嘶鸣
马蹄嘚嘚,马蹄空幽
在天山脚下,我急切地热爱着
这悲伤的一切
悲伤的女子,悲伤的白雪
和一小块悲伤的黄昏

**王世虎**,1994年生,甘肃张掖人,甘肃省作家协会会员。出版诗集两部。现居乌鲁木齐。

# 我 们

丁 薇

人间的波光，
在一条大街上流动，
被狭小的房间收容。

我们在白天牵手，散步。
我们在夜晚亲吻，挥霍汗水。
我们在重复人类的初衷
——历史再次还原成现实。

只是一天，
时间已经足够。
这镀金的成色多么坚定，
从表面开始，坚硬的质地已经形成。

我们完成了爱情的所有形式。
当白天再次取代黑夜，
我们也将涌入人群……
在一条盲目和必然的道路上
读出人世最后的秘密。

丁　薇，女，90后，江西金溪人。作品散见《人民文学》《诗选刊》《延河》等。

# 鹭

## 叶可食

它所拥有的，并不比
拥有更多东西的
少些什么。漫步江滩公园，它有
一点点冷，一点点
绵密的荒凉
比隔岸的灯火多一些拥挤。江风
遥寄写意的回信，身体掉帧
如未及皲裂的修正液，手背上粒粒的雪
融化起来有粒粒的辛苦。比芭蕉
多一些吊诡，又比呐喊
多一点彷徨，看它们开成并蒂莲，然后被
经年累月的风肢解，看密雨
啃食江心洲
有过很多泥泞，缠绕鹭的双腿
飞过一程之后，便不想再继续飞，沉溺于
一株树过于苍白，于是成了一根
柱状的云
比理应如此，多出一点
不得不，讽刺低檐避雨的人
又不得不，成为他们

**叶可食**，原名王亚，1998年生，安徽师范大学学生。作品散见《诗歌月刊》《安徽文学》等，曾获"青春文学奖"中国十大校园诗人奖等。

# 少年游·致C

**童作焉**

烛火逆光生长，燃烧的一群鱼游到天上。
落日沿着我鼻梁拾级而上，额头上的弦月，
凉了书卷里的山水。四月的风马牛在争吵，
黄昏打颤，仲春的故事抖落怀中。

夜色下沉。崭新的年代里我们衣着光鲜。
你在黑暗中读信，读"幽人贞吉"。
前面二十一年，你不断醒来，又老去。
身体里的风暴，跟随着时光一起枯萎。

怀疑镜子里变幻的脸色，怀疑火车能够达到的地方。
怀疑我们赖以为生的信仰，抵不过消瘦的橡皮。
是否在某刻，我们都曾穿越到回忆背面？
因此葬身之处须在悬棺，越过想象的顶点。

春日将远，我终无法抵达。从这里到明天，
还隔了流水，船票，挤不过去的山石草木。
往后的生活省略号翻滚，小的词语迸裂开来。
黑夜里失明的人，或在梦里打开电筒。

**童作焉**，1995年生于昆明。作品见于《诗刊》《星星》《大家》《萌芽》等，曾获全球华语年度大学生诗人奖等，曾入选《星星》大学生诗歌夏令营、《诗刊》社青春诗会。

# 乌桕滩之夜

### 许桂林

我在乌桕滩搭了一个窝
睡自己。入夜,漓江掏出了
第一阵秋风
帐篷开着天窗
我欢喜。头上有一万颗星

如果有一只萤火虫
那大概是一万零一盏灯

我轻轻地说:多好的夜!

此时,另一个帐篷,
交出一颗人头,还有
两只眼睛

我变成了乌桕滩上的
一棵小枫树

**许桂林**,女,1990年生,广西桂林人,壮族。作品散见《诗潮》《广西文学》《红豆》《南方文学》等。

# 不白不紫

**魏欣然**

多年以后，我会把一个男人
收进青春的暗盒

他像爱情。一心火焰
足以烧毁三万里的铁轨
只能徒步将他抵达

八月，我的村庄，麦穗饱满
他弯腰的姿势，不闪寒光
比镰刀决绝

他让我的性别生根，破土发芽
让人一眼认出我是女人，而不是
一朵不白不紫的花

**魏欣然**，女，1999年生于江苏徐州，南京艺术学院学生。诗歌见于《扬子江》《诗选刊》《诗歌月刊》等，曾参加《星星》大学生诗歌夏令营。

## 戏 水

代 坤

是谁为我们种下的金色火焰？
不是你。在这样的时日，
目睹飞蛾扑向火的
宿敌：视线重叠处结出袖珍之海。
湛蓝的游泳馆，它固定的位置
消化着空气四十度的体温；
这已足够吸引我们，将随身的黑影
投进去濯洗。注定不再是
水波不兴的镜面。
水中的慈悲托起透明的重量；
参禅的喜意。源自与水之间
百分之七十的亲缘。
几番深潜后，水揭去了人面，
群兽得以借水赋形。
于是我们表演蛙；两翅蝶；或者是狗。
我们也更亲近了些。
轻盈地使自己镶嵌在不安的蓝宝石中。
直到日色上岸，游泳池隐退。
此刻余下的百分之三十，我们体内
蓄养的贝壳。正遁入夜的新海，
那一片宜眠的黑水。

**代 坤**，1996年生于贵州金沙，苏州大学博士生。作品见于《诗刊》《星星》《草堂》《山花》《诗歌月刊》等。

## 暴雨，及某些片段

### 耳 南

雨水与河流，这是养育的两个方面
前者使人成为群居动物，后者则不断挥手告别
而一次新生只能由乳汁构成
永久地，独立于流动的事物之外

如今常跟祖父坐在一起，不久后
我也将学会为自己刻一块墓碑
这是跟后人妥协的一种方式
喜鹊聆听祷告，为一众信徒
把手捧鲜花的人挡在门外

用一万次分别换来一次日出
一场野火却足以消灭四季
深夜，男人和女人都将远行
一列火车正驶进来，五点雨落时
在兰州只停靠五分钟

耳 南，1997生，甘肃人。诗歌散见各刊物及选本，偶有获奖。现居新疆。

## 晚 安

仝 晓

每晚
我都往
一个号码里
发一条短信
"晚安！我们梦里见"
在这字中
隐埋着
我的爱
其实爱情早已建立
而我总觉得
还不够完美
像一头老牛
一直默默耕耘

仝　晓，山西平陆人，90后。90后诗歌早期倡导与实践者之一，著有诗集《悲秋叹》等。

# 无处告别

## 莫小闲

几场凉雨，催逼着夏走到尾声
把裙子和落英缤纷
一起带走了，连同
一朵蓝色牵牛花无法洞悉的天真

这个季节的传染症，引发了我整个夏天
久治不愈的孤独。而九月来临
有一列火车把你带走
再也没有回来
我经常仰望的那方天空
不知道什么时候
逃走了小小的一块

起风的时候，一株植物无处告别
紧紧抱着它自己

  **莫小闲**，女，湖北人，90后。诗歌散见《人民文学》《星星》《扬子江》等，出版诗集《时光书》，曾获"人民文学诗歌奖"年度新锐奖、"东莞荷花文学奖"诗歌奖等。现居东莞。

## 微 风（或伊）

### 邵 骞

歌声旋转出来她，微风播种小编钟。
舞台灯光合围之中的她，绽放了初夏
第一粒星辰，就深深浮泛于他的眼眸，
于记忆之中闪烁高悬。戏剧故事演绎
城市背景的台风，他被虚构的风雨骚动。
而她信步台中央，宛若飘摇之中挺立的
粉黛荷苞，或者波纹中晕染的温柔线条。
他的水面反复播放这涟漪，台风从中心
渐渐退散，变成雨水空降，播撒雨霁后
倾斜的霞光。再后来，她连同伊始那阵
绝妙的歌音，款款走进他的文字，从笔端
走进小说里那扇朱红妙曼的门，宛如
微风一阵。而在夜深的阅读和回想时分，
伊便从他眉头荡漾开来，微风播放小编钟。

**邵 骞**，1997年生于云南。作品散见《诗刊》《诗林》《滇池》《边疆文学》《延河》《散文诗》等。曾获樱花诗赛奖、广西网络文学大赛诗歌奖、"汨罗江文学奖"现代诗奖等，曾参加《中国诗歌》新发现诗歌夏令营。

# 浪　花

宗　昊

我拍了拍迎面的浪花
它们来源于哲学系
陷入了某个迷宫中
幻想语言，无声却汹涌
这朵浪花如梦初醒
瞬间进入了虚空中
在烟云里绕来绕去，绕成圆
在深红的黄昏中绵延
那些钛白色的云朵来源于水
有一丝忧虑隐入其中
借着叛逆的水流，一拥而上
进入坏事物中，找到情绪
遗传浪花的特质，持续腾跃

　　宗　昊，1996年生于江苏射阳。作品散见《诗刊》《星星》《扬子江》《诗歌月刊》《芒种》《延河》《北方文学》《鸭绿江》等，出版有诗集《北洋札记》等6部，多有获奖。

# 一切美好的事物

## 侯乃琦

紫云英出生以前，
山坡上的鸢尾，
像蒲公英来到你发间。
温暖的梦，坠落的不安全感，
在一瞬间回眸容光。
夜色清凉，微风或幻觉里，
谁在一点点溶化。

我记得你从不种花，
年轻时，种过情欲盛开的渴。
那是良辰吉时，
月亮的种子在水里。
你想替芦苇出嫁，
也想让孤独的雌性抱憾终身。

如同空果实，只有心，
没有血肉。但那一根致命的玫瑰刺
看见了全部秘密，
它像诗人一言不发，
像神女一尘不染，它的眼泪奔涌，
把爱反刺进自己的身体。

**侯乃琦**，女，1993年生于重庆，重庆大学电影专业研究生。作品散见《十月》《星星》《山花》《青年作家》等，曾入选《星星》大学生诗歌夏令营，全国散文诗笔会等，主持《散文诗》艺术志电影专栏，著有诗集《镜里水仙》。

# 滇池之夜

**李昀璐**

身体总要有一些地方，用来安放
星辰，月光，还有翅膀
翅膀已经睡着，在暮色四合的时候
时间是一条流淌在滇池里的河
像是血液，循环反复。每一次
都吞没一些话语，生出更多远方
宴席已散，回头是岸

我被塞得太满，只有眼睛是空的
大风贴着水面吹过来
一遍遍，一遍遍地
用力蹿到我的怀里
抱紧我
直到星星　填满了我的轮廓

**李昀璐**，女，1995年生，云南楚雄人。作品散见《人民文学》《诗刊》《扬子江》等，曾参加《中国诗歌》新发现诗歌夏令营。

## 临江听琴

杨声广

听说,一段流水
曾创造无数的奇迹

——晚风有柔软的爱意
倒影摇晃,江面像一张磨亮
的镜子:所有光泽都有些迟缓
而琴声带着眷恋伸入水中

"大的流逝,总来自微小的空缺。"
噢,抚琴的人年轻,又仿佛
从未衰老。光阴在她手上,变成
反复弹奏的旧曲子
哪一段才是真实的?哪一段抵达了
我们无法抵达的地方?
——漫长波纹,早已获得解放
朝琴声深处奔去


**杨声广**,1998年生,贵州黎平人,侗族,作品见于《青春》《诗刊》《诗歌月刊》等刊物并入选多个选本。曾获全国大学生"野草文学奖"等。铜仁学院学生。

# 我这样爱你……

## 谭雅尹

你与万物一同旋转——
在那树木与树木间的缝隙
最微小的光线
轻柔旋行

因为小提琴——刀尖上的花蕾
我向你供奉我的鲜血和斧头
我痛苦后原有的单纯
还有那些迟迟不敢轻易发出的声音

此刻——我的双手颤抖
触碰花蕾
整个夜晚会变得鲜艳欲滴
我记起那瞬间移动的感觉

指向遥远的深空

谭雅尹,女,1994年生,广东恩平人。作品散见《作品》《特区文学》等,曾获东荡子诗歌奖·广东高校奖、全国大学生诗歌节优秀奖、"包商银行杯"全国高校文学作品大赛优秀奖。

评 述

# 朝向未来的后浪乘风涌现
## ——中国90后诗歌进程简观

**覃 才　赵卫峰**

按约定俗成的代际诗歌划分，生于1990年至1999年间的中国诗人及其诗歌写作被称为中国90后诗歌。作为一个文学梯队，近20年间，90后诗人与诗歌起点高，进步快，被媒介环境推进，也被寄予更多期待。过程中，成绩与问题也同步共存。

## 一、关于90后诗人及诗歌的命名

2007年，《诗选刊》岁末"中国诗歌年代大展"专刊以头条形式推出"90年代出生的诗人"专栏，这可视为诗歌"90后"的正式亮相。虽然其时专栏中年龄最大的90后诗人也未及18岁。主编郁葱当时认为："我们认定了他们具有的才情和潜质，以及他们诗歌本身展示的个性和前卫精神。"这一专栏设置到2018年。此后，该刊间续性推出"'90后'·九十年代出生的诗人作品特辑""九十年代""中国九十年代出生的诗人作品专号""中国九十年代出生的诗人作品专号"等特辑或专号。从其试探性和有些不固定的特辑或专号名称中，可以感知到关于一代诗人的命名的尝试和不确定性。

《诗选刊》对这一代诗歌新人及其写作的命名与界定，源于诗界关于诗人代际划分的惯例。90后的写作身份与诗歌写作从发生学上看是"新"的，《诗选刊》较早地包容、集中和推动了90后诗歌的行进，在网络传播环境方兴未艾之时，公开发行的纸质媒体的"认同"，无疑有相当的促进作用。

随着互联网的兴起与发展，90后诗人及其创作进展快速而便捷，也很快得到关注。《星星》"校园诗人"栏目、《中国诗歌》"大学生诗群"

栏目及《诗刊》"校园"栏目等都注重发表校园90后作品；2010年，《诗刊》曾专门开设"90后少年诗人作品小辑"，刊登了12位90后诗人的作品，此外还启动了"百位90后诗人扶持计划"，一代诗歌新人的成长得到多方的热心关注、推助及观察。正如罗振亚等在《沉静中的悄然生长——2010年中国诗歌观察》一文中所说："随着'2009年度90后十大新锐诗人排行榜'的出炉和'90后诗歌群落'的组建，90后诗人正利用网络的便利快速集结，并向诗坛发起集团冲锋，以青春的活力和朝气推开了缪斯之门。"

命名的尝试也在同步进行。有的刊物使用了对象性、群体性更加明确的概念，如2011年《中国诗歌》推出"中国90后诗选"专号，并评选与推荐"90后十佳诗人"，配发杨克《漫步在诗歌精灵的国度——简述90后诗歌》文章。专号中，《中国诗歌》直接使用了"90后诗人"与"90后诗歌"概念。此后，2013年《山东文学》"中国90后诗人诗歌作品大展专号"、2018年《诗刊》编选出版《我听见了时间：崛起的中国90后诗人》和一些民刊、自主出版物等均不约而同对"90后诗人""90后诗歌"的概念给予认同。

区域性的认同亦有相当的推介促进作用。如《福建文学》"闽派诗歌新崛起——福建80·90后诗人大展专号"及"《贵州90后诗选》《甘肃90后诗歌年选》"等，地方与全国展示，局部与整体互动，既能相互参照，也能在参照中发现问题。另一方面，高校环境与背景实则也是90后一个事实上的现时身份，"可以毫不夸张地说，对大多数诗人而言，诗歌是他们的学校笔记本的一种继续，或者——这既是实际情况，也是打比方——是写在笔记本边缘上的。"（米沃什）而这似乎也意味着，90后的写作，从某些层面来说也是介于校园（青春后期）与社会（毕业、工作、恋爱婚姻等）间的自我精神过渡。

当然，也不能完全将校园环境视为90后诗人必需的过渡性文学"场域"。21世纪以来，盛大的网络时空里，年轻的人生环境与精神处境远非校园这么简单，但显然他们的写作与个人的成长是同步同向的。《诗刊》《星星》《中国诗歌》及《人民文学》《雨花》《山花》等组织的青春诗会、大学生诗歌夏令营、新浪潮诗会、写作营等也相对注重莘莘在校学子，从中成熟上路者亦多。相对而言，从阅读资源、传播资源、受助和受关注度等方面看，90后显然是历代诗人中最大面积的受惠群体，后期，

《扬子江》《作品》《天涯》《大家》《上海文学》《山花》《山东文学》等均以专栏、专辑等方式对90后进行发表展示。与此并行的，则是有更多的自主出版、民办报刊、新媒体和各种诗歌选本。

总的看，作为新世纪中国诗歌新军，90后诗人的命名几无异议，它在大面上泛指写作者年龄及相关情况。而写作成绩则成为判断诗人情况的尺度，这基本成为诗坛及学术界共识。应该说，这是一种可喜的变化，阅读评判一开始就立足于文本而非其他。这避免了网络传播环境初兴时，诗歌界脱离文本的紊乱、失范和对泥沙俱下的无策。

## 二、作为一种"进行时"的诗学侧观

伴随着诗人身体、心智、精神的成长是90后诗歌观念、审美实践的变化与发展。他们中的先行部分已至而立，总体而言这支朝气蓬勃的队伍呈现出"进行时"状态。"进行时"也表明一种不断的"开始"和激情行进状态，这其中的诗学倾向也就充满种种阶段变化与不确定性。就此，《诗选刊》2007年"中国诗歌年代大展"专刊卷首亦有预示："这些孩子的较为单一作品风格以及作为一个整体的成色还不够成熟，其实天才式的跨越和成熟总是特例，我们对他们有所期待，是他们今后的所有可能。"

大体而言，就新世纪首个20年以来，诗坛和学界对90后的观察与探讨，大致分为2009年到2015年的"写作特征的阐释"、2015年以来的"诗学可能的考察"两个前后有关联的阶段。

前一阶段，总体属于鼓励与引导。如吴礼丹较早对"历史与现实语境中的90后新诗"进行观察，尝试探讨90后诗歌诸问题，认为90后诗人及其诗歌是产生、发展于"古典诗歌传统及新诗资源、改革开放以来的市场经济背景"，但显然如何判断种种既定环境及资源对具体诗人的影响度，是一种变量。2011年，刘波在《在超越和创新中登场——论90后诗人与诗歌》一文中指出："在几乎所有90后诗人的作品里，我所获得的第一印象，总是他们放飞想象的翅膀，在各种奇诡的意象中穿梭，那符合处于青春期的诗人们对诗歌的理解和认识。"2014年，赵卫峰则从区域反观整体，在《多彩自在的花树——贵州"90后"诗歌现象初探》一文中指出："从表达上贵州一如全国，'90后'诗歌呈现出多元、混杂的兼容局面，在情感、语言基础上的自在抒情较为明显，同时也有关于外部环境与内心世界的呼应关照。"

2015年以后，对90后的诗学可能考察渐成批评的另个维度。2015年，李路平硕士论文《"90后"诗歌研究》可以说是国内首个既考察90后诗歌发展谱系，又探讨90后诗歌的诗学审美特征的阶段成果。肖水在《在中国的大街上捡起一截断树枝——90后诗歌印象及其他》一文中指出：90后诗歌表现出的诗学特征是"传统的继子"与"孤独的异乡人"。撰写相当数量且质量上乘的90后诗歌系列探讨文章的夏汉则认为：90后整体性诗歌美学是"娱乐背后的诗歌狂欢，或生命意涵的塑形"。2018年，霍俊明先后在《扬子江评论》等发表《天平倾向于哪一侧：90后诗歌或同代人写作》《你所知道或不知道的一代人——关于90后诗歌，兼论一种进行时写作》等文，从多个方面深入阐释他对90后诗人及其诗歌写作的静态与动态性诗学理解。

后期，各类相关90后的文论及关注增加，如徐敬亚、汪剑钊、钱文亮、赵洋洋、董运生、吴彦杰等均有涉及。2018年，诗刊社编辑的集结120人的《"90后"诗选》出版并在北京举行研讨会。谢冕表示，90后诗人大多受过良好教育，更阳光、更温和、也更有礼。他们的诗中没有浮夸的言辞，更平实、更具体。吴思敬认为，百余位90后诗人的集体推出，标志着他们以主流的姿态登上诗歌舞台。2019年，《诗刊》社主办"新时代与90后诗歌研讨会"，张清华、臧棣、唐晓渡、刘汀等从各自角度对90后诗歌进行解析。

敏识的90后也开始自我观察与探问。2020年，伯竑桥在《90后诗歌：改良主义的共同体》一文中指出，90后诗人及其诗歌写作整体上具有他们成长印记的"校园诗歌共同体"特征。事实上，诸如李海泉、徐威、丁鹏等诸多90后诗人屡见于报刊、网络媒体的相关诗歌随笔、感言、访谈等，无疑也构成了一代人关于诗人与诗歌、生活处境与传播环境、梦想与理想等方面的辨识及讨论。

2015年后，随着这一群体的数量俱增和相应成熟，学界对其考察也渐趋向于整体性的诗学阐释与探讨。很明显的是，就个体而言，前一阶段，传播塑造的成分较重，后一阶段，专业学者及高校内部的师生成为评论主体，观察与研究也更多地落实于文本意义，它既是个体又是整体性的。

## 三、90后诗歌的现状及其发展可能

个人史始终等同于成长史。"成长"也是"变化"。从队伍数量看，如果说"成长"是指量的添加，变化也是同步的，即新面孔呈现的同时旧面孔隐退，这也表明一代人的生命、生存、生活环境对写作持续性、成效的影响。进一步说，隐退或消失，还表明在新世纪这个相对激进的媒介时代，诗歌写作除了仍然存在自身的形而上的意义之外，它所要与应该要具有的实用性价值也被考量。这种悖论性的问题是90后诗人需要面对与思考的（在一定程度上也可以说所有诗人要面对与思考的）。

"挺住意味着一切"。无论是早期上路和稍晚些上路的90后诗人，其写作不仅持续且深进。随着他们诗歌的发表、获奖、出版与活动——即相对被认可与肯定，他们也就代表了"90后"这一概念的"合理合法"性。事实上，也意味着90后诗歌"价值"体现，或说它已成为新时代中国诗歌风景线上不可或缺的部分。

90后诗学特征的"浮现"。90后诗人从最初部分的个体性的浮现，到当下作为一个诗歌写作群体的成型，无疑在诗学层面上展现了诗歌美学观念以往不同的特征。对此，相关的评述围绕90后诗人群体或个体的语言、想象力、历史性、现实性等层面已有较多文本的分析与阐释。霍俊明在《一份提纲：关于90后诗歌或同代人写作》中指出："尽管每一个诗人都有不可规约的个性和各自不同的写作方向，但是作为一代人或同时代人，一些共性的'关键词'最终还是会凸显和袒露出来。"李海泉则沿袭"知识分子写作与民间写作"之固见，在《我们为什么是中国90先锋诗人》一文中，将90后诗学特征列分为"民间口语化""校园学院化""官方作家协会化""颓荡和废话"。

2017年，《诗刊》刊发关于90后诗歌的《论同代人的诗歌写作》一文，生于1990年的马骥文从自己的视角和以"同代人"为前提，评点有代表性的20余位90后活跃诗人的写作；马骥文认为："总体而言，他们都对语言有一种先天性的自觉意识，注重复式修辞术的交互运用，在句法、词法甚至精确到某种字法的层面上进行考究式的写作。"以同代为题，也再证关于代际划分的局限，正如文中亦提及的方李靖，她生于1989年，若以

90为界则被"武断"排除。当然，作为研究预置前提也正常。马骥文此文虽然针对"局部"，却不乏自觉与自律："对同代诗人的考察也意味着考察者自身的某种自我辨识与确立。"

一代诗歌写作的特征、审美维度的变化，有待时间检验。关于90后诗歌写作的观察，自然是要以前代诗歌写作状况为参照，总体是肯定、鼓励、期望多于批评及质疑。这也体现了新传播环境里中国诗歌生态的宽容性，即同异并存，多元共进，兼容并蓄。

在当下诗歌传播环境中，90后显然是被加速或快递式进行的，利弊兼有。如果苛刻视之，泥沙俱下之外，还有相对于前辈或前代诗人，90后诗人相对尚无经典性文本呈现的问题，如同曾于里所言，我们很难从"90后"作家中找出具有代表性和影响力的作家，"我们也很难回忆起某部有广泛影响的'90后'的作品。是'90后'还太年轻、有待来日，还是'90后'作家的出场本身便是一次仓促的宣传秀，昙花一现是他们必然的下场？"此言甚重，不过也可兼听，毕竟就"而立"之际之前的"年轻诗人"，"年轻"或"新"本来就是问题与可能的共同体。就像里尔克对青年诗人寄言："你是这样年轻，一切都在开始……对于你心里一切的疑难要多多忍耐，要去爱这些'问题的本身'……渐渐地会有那遥远的一天，你生活到了能解答这些问题的境地。"

相信他们迟早会圆满解答和解决。文学与诗歌当然是属于所有人的，但其新润的特质非年轻人莫属。在由"校园诗人"向"青年诗人"、由成熟诗人向成绩诗人的转变中，90后诗歌现象十余年间渐从幼芽散枝渐变成树成林，演变为常绿茁壮的特色景区，尚需时日。正如霍俊明所言："'90后'诗歌越来越证实了一种宏大的整体性诗学研究的不可能。换言之，个体的写作和文本的新鲜碎片已然成为这一庞大写作群体的整体表征。"

"诗歌朝向未来，而未来的无限性也正朝我们徐徐涌来。"（马骥文）90后诗歌以后的种种新变，在可观的今后，应将是化整为零，或说在时光的过滤中迎来特殊个体的凸显。

# 90后诗歌：渐进成熟的继承者

## 李路平

90后诗歌作为一个群体概念出现，已有15年时间（2007—2021）。虽然80后诗歌自出现以来饱受争议和质疑，事到如今，他们已经用作品为80后一代正了名。与之相对，90后诗歌被集体推介出来时，似乎已经用作品"征服"了读者，让广大读者普遍感到讶异：这一代人写出了与他们年龄极不相称的、成熟得多的作品。所以当这一概念被标举出来时，并没有受到比80后诗歌提出时更为严厉的批评，甚至更多的是肯定和鼓励。虽然那个时候（2007年）90后才刚刚步入中学不久，象牙塔之外是何模样亦未可知。最初由于概念的顺延以及批评的惰性，导致反响平平，或是以自我的成长体验为参照，未能联系到90后一代成长的时代背景，导致看见他们的作品时"被震惊"之后的失语，惊讶于他们何以一出手便如此娴熟。当然，如今他们已经用实力赢得了关注与尊重。

90后相较他们的前辈而言，只经历了如此短暂的诗歌学徒期，这确实与他们成长的时代背景和环境密切相关，丰富、便捷而多样的网络资源无论是对儿童心理亦或是对他们的诗歌创作，都产生了极大的影响。他们的心智成长相比从前，显得"早熟"（这已经是一个普遍现象），如此便也将他们的诗歌学徒期相应地提前了。这也可以解释为什么他们能够写出"与他们的年龄极不相称的"诗歌作品。当然，始终影响着他们的，还有物质条件的极大丰富、舆论空间的相对自由、便捷快速似乎无所不能的网络媒介，尤其是最近几年成熟的自媒体，等等。他们能够汲取更为丰富的"人生经验"，充实到他们的诗歌文本之中，并达到"一鸣惊人"的效果。也正是凭借这样的创作实绩，近些年来，90后诗歌受到越来越多的关注，成为当前青年诗歌写作的中坚和主体。

在这里，必须首先考虑一个至关重要的问题：诗歌到底是什么？我并非试图在这里将这个问题解决，因为"诗"恰恰是最难定义的。古今中外，所有试图为"诗"定义的，几乎全部都无法令人满意，而那些较为被接受和认可的说法，只是较其他说法更接近所谓的"诗"。正如布罗茨基关于"诗人"的文字，他认为诗人是走在最前面的人，是面对"洪荒"场面的先锋的开拓者。由此，我们或许可以说，最高的诗歌即是空白，是"无"，类似于佛教的"空"，最高的诗歌是拒绝被定义的，诗永远是在被定义的"诗"之外。但不可否认的是，好的诗虽然超越时空，但它是诗人最为真切的生命体验，是对天地万物的遥望和思索，是浸透了诗人生命时光的产物。一首伟大的诗，一定是与天地万物融为一体的，与草木同呼吸、与星辰共灿烂，而且是始终"在场"的，每一次被体验时都是新鲜的诗。从这个角度而言，当下90后诗歌既要打破自我经验的壁垒，也要对当下诗歌有所突破，从而走向真正的诗歌。他们也许冥冥中被赋予了更为艰难的任务，也许他们就是担负新诗使命的一代也未尝可知。

绝大部分90后诗歌写作者经历了青春期写作中的热情、自负、爱与迷惑、单纯的经验，步入社会后，人生经历的改变与丰富，逐渐使他们从"青春期写作"过渡到"后青春期写作"，即步入一个更为成熟的诗歌写作道路上。诗歌的高标永远不会停留在某一固定的位置，等着诗人去靠近。它总是在变动，或者说，它的高度某种程度上是诗人创造的。一个杰出而伟大的诗人，即哈罗德·布鲁姆所谓的"强者诗人"，他永远走在探索的最前列，是他在开拓这一片词与物的"处女地"，"天才是强者，他的时代是弱者。他的力量使得步其后尘者——而不是使他自己——筋疲力尽。他淹没了他们"。时代的发展使得90后诗歌写作者在更为年轻的时候就获得了过去需要更为漫长的时间才能领会到的诗艺，这无疑也在客观上提升了伟大诗歌的高度。他们所要做的，不是满足和止步不前，而是继续探索，继续去感受时代与诗歌赋予他们这一代的历史使命，并努力去实现。可以说当下对90后诗歌的肯定虽然包含了称赞，但更多的是鞭策，是让他们去超越自己，勇敢开拓。

90后诗歌从最初的一股新生的诗歌力量，成长为当下青年写作的突出代表，时间作为公正的裁判者，大浪淘沙般地选出了那些优秀的写作者、优秀的诗人，成为自我的超越者和时代的引领者。他们把握住了良好的时代机遇，感觉到了内在的使命任务，并且有意为之，想要在诗歌这门艺术中展现自我的天赋与才华。可以说，他们做到了。发表、入选、获奖、成书，这些在往代人看来意义非凡之事，如今于他们而言，似乎早就轻而易举。他们推出的每一组新作，也在考验和挑选着读者，似乎也在推动着"诗"往前更进一步。从当初的激情展露，到现在的含蓄稳重，我经历了最初的惊喜，到如今的惊讶，更激发了对他们未来更多的期待。

尽管目前"它们实质上根本不是什么思想：它们只是一些态度和情绪，虽然一再被感觉到，然而却是模糊的，而且往往仅处于萌芽状态。它们具有重要性，因为它们能够帮助说明随后发生的事……"。他们如今的成就，预示了未来将带给我们更大的可能与更大的惊喜，或许90后将是引领中国新诗变革的一代！

**李路平**，80后，文学硕士，中国作家协会会员，杂志编辑。作品散见《青年文学》《散文》《诗刊》《长城》《民族文学》《星星》《芒种》《星火》《西部》《鸭绿江》《延河》《百花洲》《扬子江》等，多篇作品被《散文选刊》《小说月报·大字版》选载并入选多个选本。现居南宁。

# 90后：电子传媒时代的"诗"与"人"

## 赵学成　赵卫峰

时间对诗的邀约，在时代的屋脊下时而汹涌如潮，时而缄默如星群，穿过乱花迷眼的美学记忆，变幻出各种纷乱的声音和暧昧的主题，缝补着历史那张漫漶而晦涩的面容。很多时候，重要的不是这张面容本身，不是它的命名或者被判定成为的各种含义与价值，而是这张面容背后的那些声音和主题究竟能以怎样的方式，参与和丰富我们在特定文化背景下对诗的不同理解。比如，在现时的文明心态、文化语境和诗学秩序中，"年轻即正义"仍然被允诺和信任，"青春"仍然被视为一张免检的门票，在关于"稚嫩"与"天才"的话语区间内安身立命。同时，时间的线性错觉所带来的绵延感，催生了诗学上某种程度的达尔文主义，猎奇逐新的艺术本能配合着数字时代衰变更迭的加速度，使人们对于代际划分下"新新人类"出场的愿望，变得比以往更加匆促和急迫。想想吧，《诗选刊》首提"90后诗歌"的2007年，年龄最大的90后也不过才17岁，尚处在高中生阶段；"90后"这一概念被广泛接受后，又出现了更具体的"95后"甚至"97后"——一个传播学的概念，在费力地寻找着它的能指，希图在宣传和造势中拉开"一代人"写作的大幕，为一个新生的诗歌写作群体摇旗呐喊。而今，十多年过去了，大批90后已然达到或超过25岁——T.S.艾略特在《传统与个人才能》中关于"历史意识"的经典表述对这一年龄节点的厘定，使我们有充足的理由作为旁观者和目击证人，来回顾和观察90后诗歌一路走来的精神步迹和美学征象。

从"70后"到"80后"再到"90后"，当我们使用这种代际概念的时候，其实已经预设了以十年为界的"新一代"的崛起；他们周期性地涌现，从未来不断地加入"现时"和"历史"中，同时伴随着种种不可预估的离开与消遁。考察和探究新一代成长的时代境遇，爬梳和描绘新一代写作的整体状貌，实则也是提供一个观察时代心灵摘情、辨认时代诗学路向、了解时代文化征候的有益契机。并在此过程中采信新的事实和视角，以期对过往关于当代整体写作面向的判断作出必要的矫正，不断重建历史叙事的逻辑和思路。没有哪一代诗人是凭空产生的，也没有哪一代诗人只是前人的复制品，如果我们对此葆有足够的耐心，仔细探入代际间的罅隙与褶皱，便会知晓历史叙述中的所谓"断裂"和"重复"，都不过是出于一种非常幼稚的"虚构"行为。努力正视这一点，乃是尊重诗歌与历史的前提。

在2000年左右，互联网开始在中国逐渐兴起和普及，90后堪称网络时代的"原住民"。他们的青春期成长恰逢网络技术和电子传媒迅猛发展的黄金期，这给他们的经历、心灵和精神带来了异常深刻的影响。相对而言，此时70后基本已成家立业，80后大都也已度过了青春期，唯有90后躬逢其盛，其成长的辙印里无不叠藏着网络年代特有的青春记忆。数字信息技术变构了传统的时空关系，近乎无限的信息、新闻、知识编辑，重塑了人们的经验、感官与价值观念，为虚拟网络筑基的平等性、共享性、对话性等伦理品质获得了广泛的价值认同，这一切在90后身上体现得淋漓尽致。可以说，90后一代对网络和电子传媒具有一种明显的"寄生性"，与之有一种切身的生命关联，这不是成长于刚刚摆脱饥饿年代的70后和物质生活刚刚开始富足年代的80后可比拟的。在无数的网页和链接中，只需轻轻地几次"点击"，便能依靠强大的搜索引擎，让古今中外绝大部分的文明和文化成果即时、共时性地呈现在面前，且其本身时刻处在一种极速的繁殖和扩衍状态，这在以往是不可想象的。正是受惠于这一特殊的时代机遇，90后诗人普遍比前辈诗人更为早熟，学徒期更短，成长更快，单纯的荷尔蒙纾泄、脆弱敏感的感伤主义、抒情至上的"学生腔"，这些惯常出现在70后、80后青年诗人身上的"青春期写作"特征，在90后诗人身上体现得明显相对较少：这是一群鲜少患上"青春病"、少年老成的诗人。换句话说，在相似的年龄段，前辈诗人们或许大都还沉溺于伤春悲秋的自恋式抒情和烹文煮字的修辞操练，90后诗人则可能已涌现出了不少的"天才"，写出了令人信服的优秀诗作。霍俊明在《关于90后诗歌，兼论一种进行时写作》一文中，谈到王子瓜对曹僧的评论时，称"我极其惊讶莫名的是同代人对同代人的批评已经过早地历史化和经典化了，未完成的写作几乎已经盖棺定论了"——事实上，这种"自信"和"早熟"，绝不是孤例，可以在很多90后诗人身上得到印证。

"写作创造读者",而后"读者进化成写作者",这是当下现代汉语诗歌一般性的发生机制。基于这一点,90后诗人创作的90后诗歌,基本上完整地赓续了当代诗歌的整体性面貌和特征,而又有所突破和溢出。除了上面提到的早熟外,在最优秀的一部分诗人那里,敏锐而有着本体化趋势的语言意识、匠心独运的诗体构建、复杂精微的修辞技艺、幽深而偏僻的意境营造、庞博多变的典故索引等等,明显较之相同年龄段的70后、80后们更为突出。以诗与语言的关系而论,很多90后诗人秉持着更为开放的语言立场,在表意策略上不再受制于能指—所指的单一型关系,而能触及并利用语词即时组合生成的本能和性状,借力各种"词的梦境",更加自如地调动语言的声、色、形、味,驱遣词句钩织语言的褶皱和语法的意外,充分开发"词与物"之间的想象性关联和可能的介入路径,同时保持与题材对象之间的指涉和张力关系。而这一切有赖于他们对"诗歌"这种"特殊的知识"的深度理解,以及对语言极度出色的掌控力。诸如砂丁克制而立体的絮语式叙事,玉珍蜿蜒饱满、直击灵魂的语感叙述,秦三澍"联觉"式的词语想象和修辞险境,马骥文宗教背景下紧贴内心和语言肌理的存在勘问,张小榛以幻觉带动语词重组、捕猎内在真相的结构技艺,等等,乱花迷眼、各臻奇妙的语言风景,折射出了90后诗人在语言建设方面的有效拓展和优异禀赋。

21世纪以来,新诗对时代现实的凝视、介入和展现,作为一项重要而基本的写作伦理,一直是当代诗歌念兹在兹的精神遗产。而在一个瞬息万变、目迷五色的时代,现实的悖谬、荒诞、撕裂、零碎、畸变,无法控制的矩阵化、赛博朋克场景和"熵增"现象,知识和信息的爆炸式增殖,这一切都让置身其中的诗人深感焦虑,"现实"的剧变速度似乎已远超人类的想象力。如何以一种崭新而恰当的方式对此予以回应,如何像27岁的里尔克那样重新研习"看见"的能力,严厉考验着每一位诗人的诗歌"脾胃"和精神视力。90后诗人虽然是诗坛新秀,但已有不少诗人开始秉承诗歌介入现实的优良传统,朝向时代投石问路,表现出了测绘周遭现实、问询时代病况的美学愿力,如砂丁的《中国的日夜》《重度污染空气下的爱情》,曹僧的《邯郸路》《电》《波》,张小榛《机器娃娃之歌》《房子恐惧症》,李海鹏的《成都旅馆》,马骥文的《粉刷工人》《无花果》,蒋静米的"问诊"系列组诗,等等——尽管这些诗立场、风格、介入角度各异,也没能汇合成一股强大的、具有影响力的诗学势能,但它们至少显示出了一部分90后诗人已然试图走出狭小偏陬的自我天地，开始立足于诗歌主体的省思、开敞与重构，将视线投向国族、社会、工业、资本、文化、民生等宏大对象和主题上。应该说，这不但折射出当代诗歌从精神和美学上对接时代状貌的积极意愿，深度呼应了诗命名自我时须有必要的"历史体温"这一本质要求，而且预示着一种可能的"新感性""新想象""新修辞""新理论"的诞生。对于后一点，完全将希望寄托在90后身上可能并不公平，但他们中的一部分诗人无疑已经为此提供了某些灵感。

比如，在介入和临摹现实的方式上，与70后、80后稍有不同的是，90后诗人彻底摒弃了那种"镜子"式的机械现实主义的"反映论"的遗存，也很少有为某个群体或想象共同体代言、发声的冲动。除了部分倾向于口语的诗人延续了口语诗机智、灵活、充满身体性和现场感的美学风格外，更多的诗人习惯于将自己的现实体验、观察、感悟、思考诉诸知觉化的叙事脉流，通过某些细节性的切口来间接地阅世观心，见微知著，彰显楔入现实腹地、与时代对质对话的素养和能力。因此，他们笔下的现实感，大都朝向一个相对幽暗的、意绪化的空间，往往以充满灵性的直觉和修辞、风格化的意象的选择和处理，来补救因经验的相对不足所导致的单薄和失重感。这种对"现实主义"的变形处理，既有年龄方面的原因，本质上又应和着这个时代特有的那种晦暗不明的文化和精神形式。尤为难得的是，这些诗中所展现的物质和精神，并不像一般的"青春期写作"那样（在70后、80后那里常见）容易被即时的懊燥情绪所裹挟和左右，反而在较为成熟的一批诗人这里，发展出一种清晰的历史意识，展现出了细密、沉实、睿智的穿透力。这样的例子是比较多的，如王子瓜的《漂流瓶列传——给三年前的S》一诗："新年的老人，在棉被中游仙，把两种命运/包进诱人的奶糖。他的鹤发拂过广场和小学，//摇落大雪在熟睡中。当我停在门中的门后，/看到他使你骑上白驹，在我拆开通知书的远方//无声嘶鸣，我就记起他童话边缘的渺茫。那里/有七色光带扭转层层金轮，在万花筒的新大陆，//在迷幻剂的迪斯科里，你要留心，从彼岸乘潮漂来/汇入血管的免税袖珍盒，安藏好他带雪的白鬓。"在修辞带来的一种轻微的语词幻境中，来自"现实"的记忆与感喟被置放到虚与实之间的不同界面，个人的经验由此获得了一种轻逸化的表达。这不是一种简单的对"现实"的萃取与提纯，而是打乱了词与物、想象与现实、时间与空间的对位关系，营构出一种新的顺应时间情势的情思脉络。这首诗显然延续和深化了某种"南方诗学"的典型风格，比如那种散发着纤微的、敏感的、冥想的、忧郁的气质，那种在词语的光晕中放纵想象之翼、在对现实的处理上更为写意的路径，那种僻静的、玄学化的、带有语言本体论特征的情调，那种才子气勃郁的情感发散方式，等等。类似的例子很多，它们至少向我们证明了一点，那就是很多90后诗人已趋近或者完成了写作的自觉，他们已在"传统"和"历史意识"的话语范畴之内。

毫无疑问，就眼下来看，90后诗人的问题也还是存在的。比如首要的一点就是，理论上来说，网络和电子媒介的发达，知识搜索和讯息获取的极度便捷，有助于这一代诗人以更加自由不羁的精神姿态，介入诗与现实多维关系的纵深思考，来挑战既有的诗学格局和审美秩序；但事实却是，90后诗人大都追求"四平八稳"的、"保险"的写作，虽然并不乏深刻而周全的诗学思考，在部分诗作中也展现出了某些创新的因子，但诗学上的"探险者"和美学上的"挑衅者"鲜少出现，"革命"的激情和"越轨"的笔致几乎是阙如的。他们"成熟"有余，而锐气不足；想象力有余，而对现实的勘测力度不足；洞察力有余，而批判性不足。以往70后、80后在"官方/民间""传统/先锋""形式/内容""意象/口语"等二元对峙关系中想象自我时的那些激辩、斗争、迷惘、探寻、和解，在90后诗人身上几乎看不见了。与前辈们相比，他们似乎一点儿也不"愤怒"，亦没有标竖起什么旗帜，喊出过什么口号。作为对比，70后作家有卫慧、棉棉等人的"美女写作"，诗人有沈浩波、朵渔等人的"下半身写作"；80后作家有韩寒、郭敬明等通过"新概念作文"扬名的文化偶像，诗人有郑小琼等人的"打工诗歌"——他们都曾经作为巨大的文化事件和显豁的时代现象，成型为历史寓言中的象喻和符号，引发人们不同层面旷日持久的争论，产生了极其深远的影响。无论在价值判断上将其置于一个怎样的位置（比如对它们的"运动""造势"性质，或者与时代流行文化"暗自媾和"等等特征的批判），毫无疑问的一点是，他们都在一定程度上扩衍了时代投注在文化和诗学上的语义空间，阐释、丰富和戏剧化了这个时代，其中包含的积极的启迪意义是不容抹杀的。在保持一种完整性的诗学思考的同时，充分开敞朝向时代的感受力和洞察力的敏感触角，激发勘探当代诗歌核心议题、直击诗学痼疾的锋锐之气，恰恰显示了一种有效提问、追问的能力，在这一点上，90后目前的表现显然还缺乏足够的说服力。

再比如，因为早熟，很多90后在校园求学时便已成名，高校诗歌群体在这一代诗人整体版图上明显占据着更为重要的位置，其文化积淀深厚，知识视野开阔，不少诗人精通外语并有留洋经历，借镜西方现代诗学完成创造性转化的能力尤其突出。然而，过重的知识负载，过量的文化吞吐，过于玄奥的修辞意图，则可能让诗歌在一种知识的欣悦中沉溺和迷失，使之成为纯粹知识的抽绎或者某些知识原典的注解，导致诗境内核的空心化和诗意指向的不及物性，从而背离了诗歌对"此在"生命精神境遇的忠贞。作为这一征象在风格层面的体现，其中重要的一点就是，经常出现在80后、70后甚至更早的60后、50后那里的浑莽、冲撞、粗粝、泥沙俱下等特征，那种在热气腾腾的时代现场横冲直撞的"冲劲儿"，在太过于讲究精微修辞和词语想象的90后身上几乎已经不存在了，他们似乎太"精致"和"成熟"了。还有些诗人，过于依赖词语的语义光晕所带来的修辞幻境，企图以语词的碎片化来应对现实的悖谬处境，以修辞的强度来消解历史重负和特定文化条件下的语境重压，却无意中忽略了它可能会伤及想象力的完整性，将朝向时代的精神视力从诗歌自我阐释的语法结构中剥离开来。在这里，我们似乎有必要重提特朗斯特罗姆在《自1979年3月》一诗中语调庄重的忠告："是语言而不是词"——"词语"只有将自己放置在"语言"的风格深处，帮助"语言"成为语言，在"语言"中找到自己的位置，而不是孤悬在自己身上，才能生成稳固的美学效力，才能指向真实的"物"，进而触摸到真实的世界；而那些彼此孤立的、仅仅依靠想象的"自发性"建立起语义关联的词，所指则可能一片空无。借用德国诗人格奥尔格《词语》一诗中的最后一句，就是"词语破碎处，无物存在"（"Kein ding sei wo das wort gebricht."）。如果将诗降格为一种单纯的"造句"游戏，无疑会抽空诗之为诗的根本要义。

当然，以上提到的问题并不是孤立的，还应该将它们放到一个更大的语境和场域内来考量，有的也并非90后独有的问题。后工业、商业、消费主义、人工智能、新传媒、网络、数字信息、数码、现代性、后现代、拼装、复制、仿真……所有这些"时代"的修饰定语对当下生存情状、时空感觉、知识气候的重新变构和强力编码，各种新闻、热点、现象、知识、文化的爆发式呈现对人们生存经验的泥塑，这一切都是不可预估的；技术带来了便利，物质带来了享受，但它们同样会对人类造成反噬，工具理性、科学教、拜物教、渎神主义、反智主义等等，构成了当代社会精神生活的"阴影"区域；再加上诗人关系的圈子化、诗学风格的群落化，以及各个由代际、地域、阶层、性别、象征资本、重要刊物、奖项等划分而成的诗歌聚落，这些都让诗歌在身份、观念、趣味、风格和追求上呈现出越发复杂的样貌，也让试图以某一种写作主张或论证思路来将其重新聚拢起来的尝试变得无比困难。这是所有诗人都要面对和消化的时代处境。90后作为新一代诗人，在这一时代处境中的位置，很大程度上受制于他们对自我身份的想象与形塑。这种想象与形塑，不但表现在他们形态各异、志趣殊途的诗歌写作中，同样也表现在他们对自我的理解与阐释上。限于篇幅，这里并不准备举例详述。但需要特别说明的是，这些充满活力和现场感的自述、自解，以及相互间的评骘、推介，虽是当代诗歌的文化常态，可对于正在成长起来、渴望"被接纳、被承认、被肯定"的一代诗人而言，却能帮助他们构建"我们90后"这种独立自洽的话语谱系，并能在一些深透的、几乎具备成为"历史沉积岩"的文献功能的诗学阐述中，穿越代际话语整体主义视角的刻板与机械，抵达一个个幽微而渊深的诗学心事。

　　代际概念的最初功能，很重要的一点乃是让新一代诗人"抱团取暖"，助力他们在立足未稳之际实现某种自我身份认同，就像一张符箓，或者一个临时的庇护所，庇佑着他们集结在这一概念名目下四处出击；而当他们纷纷成为社会意义和精神意义上的"成人"之后，诗艺渐长，风格渐纯熟，在诗坛也获得了较为充裕的象征资本，此时他们便会竭力摆脱代际身份给自己带来的消极影响，"个体"的身份由此开始成为他们新的猎逐目标（很多人后来甚至不愿意承认那个曾给予自己不少帮助的"××后诗人"的身份）。从这个意义上来说，在代际概念的基因里，其实始终存在着这样一个吊诡的理想和信念，即它要为它所指涉的对象彻底摆脱和抛弃自己而努力奋斗。这种黑色幽默般的悖谬情形，或许也恰恰折射和印证了代际话语的修辞瓶颈与理论限度。2012年，在80后诗人集体成为"父亲"（精神成人）之际，赵卫峰主编《漂泊的一代：中国80后诗歌》一书面世——可以说，这次标志性的汇总和集结，是一场"加冕"仪式，是对80后一代诗人的盖章认证；但对于80后诗歌而言，却意味着这一概念已然耗尽了历史想象力，基本上"寿终正寝"了。

　　换句话说，80后这个定语的修饰性，在"人"与"诗"之间分离了，对于"诗"的那一部分失效了。自此以后，80后诗人的写作整体上不再拘囿在80后诗歌这一名目之下，开始获得纯粹意义上的、"仅仅是诗"的诗学自证。80后诗人不再是一个"集团"，不再是一场旷日持久的诗学运动的主角，而是一个个独立的诗人；80后自此只是单纯地指向诗人的年龄，而不再像以往那样，对他们的诗歌产生超过诗歌本身的修辞功能。现在，时间来到了2021年，90后一代诗人是否已经"出圈"，成熟的90后诗人是否会努力把90后这个前缀标签拿掉，90后诗歌这一概念的历史使命是否正濒临"完成"？

——恐怕答案是肯定的。因为，90后确实已经长大了。